濱野京子

girls《ガールズ》

くもん出版

girls

いつ、だれと出会うかは偶然《ぐうぜん》のたまものだ。十五歳《さい》のわたしたちにとって、この出会いは、どんな意味があったのだろうか。

1 宙《ひろ》

わたしは、目の前に座《すわ》っている吉本紗奈《よしもとさな》をちらっと見る。だれからもまじめでおとなしい子だと思われているせいか、三年になるまでどころか、二学期になるまでほとんど知らなかった。でも最近は、紗奈、そして、高岡美森《たかおかみもり》と三人で過《す》ごすことが多い。美森とは前から付き合いがあったけれど、紗奈とは、修学旅行《しゅうがくりょこう》がきっかけだった。

京都と奈良という月並《つきな》みな二泊《はく》の修学旅行を終えて二週間。紗奈はまだ、一部の女子から、けわしい目をむけられている。

「宙《ひろ》、なんでそんなに紗奈を見つめてるの？　もしかして、ほれた？」

美森がからかうようにいった。

「そうかも」

と、あえて冗談《じょうだん》で返す。

「紗奈、モテるねえ」

わたしがいったら皮肉にきこえたかもしれないけれど、美森は素直《すなお》な子だから、紗奈は頰《ほお》を少し赤くして否定《ひてい》する。

「もう、ふたりともバカいって」

たおやかに笑う紗奈は、かなりととのった顔立ちをしている。切れ長のくっきりとした目やすっとのびた鼻筋《はなすじ》。それを目立たなくしているのがメガネだ。いかにもきまじめそうな、黒っぽいフレームのオーバルメガネ。そのせいで、メガネにばかり目がいってしまう。そして、おしゃれ感のないショートボブの髪型《かみがた》は前髪を下ろしていて、それが少し重たい印象《いんしょう》をあたえる。口数も少なくて性格《せいかく》も地味だし、紗奈がクラスメイトのあいだで、注目されることなんてなかった。

だから、爽平《そうへい》は、じつは見る目があるのだ。紗奈はまじめな読書家で、むずかしそうな本も読んでいる。成績《せいせき》もいい。品行方正というのか、人の悪口なんかはいわない。しかも、じつは美少女ときている。

それなのに、修学旅行《しゅうがくりょこう》という非日常《ひにちじょう》の、渡月橋《とげつきょう》のそばという詩情《しじょう》あふれる場所で紗奈にコクった爽平《そうへい》は、こっぴどく振《ふ》られた。まさか、おとなしい紗奈があんなふうに相手を拒《きょ》絶《ぜつ》するとは。

人間って勝手だなと思う。それまで、目立たない子だから、悪くいわれるようなこともなかったのに、紗奈は今や、一部の女子からふたつの理由によって非難《ひなん》されている。森谷《もりや》爽平という、かなりモテている男子にコクられたことがひとつ目。そして、爽平を振ってしまったことがふたつ目。爽平と紗奈が付き合うことにはならなかったのだから、素直《すなお》に喜《よろこ》べばいいのに、紗奈みたいに地味な子が、爽平をすげなく振るなんて生意気、というわけだ。

そんなふうに、今の時期に恋《こい》バナなんかでもりあがれるのも、わたしたちが通うこの学校が、中高一貫《いっかんこう》校だからだろう。世の中の多くの十五歳《さい》は、高校受験を前にしてあくせくしている時期だ。けれどわたしたちにはその圧力《あつりょく》がない。

クラスメイトの多くは、受験勉強をしなくていいことを喜んでいる。でも、わたしはときどきわからなくなる。こんなふうにのんびりしていていいのかな、と。逆《ぎゃく》にほかの中学の子に置いていかれるような、みょうな焦《あせ》りを感じる。

「なんか、こんなまったりしてて、いいのかねえ」

ふいに美森がそんなことをいったので、はっとなって相手を見る。なんだか自分が思っていたことを言葉にされたような……。

「三年前にがんばったから」

紗奈は日だまりのような微笑《ほほえ》みをうかべると、美森がかすかに首をかしげた。

「そうなんだけどさあ。なんていうか、宙は、ちゃんと部活やってて、あたしみたいにだらけてないもんね。紗奈も合気道ちゃんと通ってるし」

「合気道？」

「あれ？　宙、知らなかったっけ。紗奈は、もう何年もやってるんだよ」

「知らなかったよ。って、合気道っていうのもよくわからないけど」

こんなときも、紗奈は多くを語らない。でも、美森の話では、あの事件《じけん》のあともいっしょにいるわたしたちのことを、紗奈は感謝《かんしゃ》しているという。

一学年百五十人ぐらいの小規模《しょうきぼ》な中高一貫校《いっかんこう》なので、わたしたちの学園生活はメンバーがかわらないまま、まだ三年以上つづくことになる。よほどの強心臓《きょうしんぞう》でなければ、孤立《こりつ》はしたくない。

わたしにしても、こうして美森や紗奈と、地味グループのひとりという立ち位置でいられるのはありがたいし、この三人の取り合わせは、思いのほか、居心地《いごこち》がよかった。

そして、わたしたちには、ある共通点があった。三人とも、母と子のふたり暮《ぐ》らしだということだ。といって、父親のこととかをへんに詮索《せんさく》したりもしない。そこも居心地のいいところだ。

それにしても、と、また、紗奈に目をむける。なぜ、あれほどきっぱりと、拒絶《きょぜつ》するように爽平《そうへい》を振《ふ》りはらったのだろう。ふだんの紗奈の性格《せいかく》なら、考えさせて、と言葉を濁《にご》したり、断《ことわ》るにしてももっと婉曲《えんきょく》にいっただろう、と思うのに。

あのとき、口にした言葉は一言《ひとこと》。

——興味《きょうみ》ないから。

言葉をむけられた爽平が青ざめるほど、冷ややかなもの言いだった。

わたしは、一部の女子のように、紗奈を非難《ひなん》する気はまったくない。それでもやっぱり、爽平は気《き》の毒《どく》だ。爽平は今も、ときどき紗奈のほうを見ている。そして、小さくため息をつく。

紗奈と目が合ったので、わたしは少しあわててきいた。

「合気道って、空手みたいのとはちがうの？」

「ぜんぜんちがうよ。突《つ》きとか蹴《け》りとか、しないし。組手もないし、試合もやらない」

試合がない？　つまり、勝ちを競わない、ということだ。それもなんだかもの足りない気がする。

「でも、カッコいいよね。紗奈にちょっとだけ、見せてもらったけど」

と美森。

「そうなんだ。けど、紗奈が武術《ぶじゅつ》やってるなんて、意外。クラスの子が知ったら、びっくりじゃない？　森谷《もりや》くんも知らないんだよね」

つい、爽平《そうへい》の名前を出してしまい、まずい、っと思ったけれど、紗奈はさらっと流した。

「ふたり以外、だれも知らない」

つまり、少し前までは、美森しか知らなかったということだ。

美森と話すようになったのは、はじめて同じクラスになった今年の四月。たまたま席が近かったからだ。でも、あのことがなかったら、こんなふうに親しくはならなかっただろう。

あれは五月の親子面談のときだった。わたしと母、そして美森の親子が顔を合わせた。一学期は名簿順《めいぼじゅん》に決められた席で、わたしの前が美森だったのも、親子面談の順番がつづいていたのも、五十音順の名簿で、高岡《たかおか》美森の次が富田宙《とみた》だったからだ。面談をまつあいだ、当然のように、親は親同士《どうし》、子は子同士、小声でおしゃべりする。

「ねえ、富田さん。あたし、富田さんのお母さんと、どっかで会ってるかな」

首をかしげながら、美森がきいた。

「それはないんじゃない？　うちの母親、学校行事とか、来ないし」

わたしの母は、運動会や文化祭どころか、授業参観《じゅぎょうさんかん》にも来たことがなかった。美森と同じクラスになったのもはじめてだったから、ふたりが顔を合わせているはずはない。

そのとき、たまたま母のスマホが鳴って、母が応答《おうとう》しながら、わたしたちからはなれていった。

「はい。マキタです」

大きな声ではなかったけれど、その声を、美森はしっかりききとめたようだった。少し口を開けて、通話中の母を指さしている。

「ま……」

「高岡《たかおか》さん、どうかした？」

「ねえ、お母さんって、槇田水都《まきたみと》……さん？」

わたしは、自分の表情《ひょうじょう》が固まったのを感じた。唇《くちびる》がすぐには動かなかった。頭の中は、なんで？　という言葉が何度も巡《めぐ》る。学校では知られないように気をつけていたのに。

母が悪い。不注意すぎる。学校でペンネームを名乗るなんて。

そんなこちらの思惑《おもわく》になど気づくこともなく、美森は、わたしの腕《うで》をつかんで揺《ゆ》すった。

「だよね。そうだよね。ママの雑誌《ざっし》で見たの。だから、見たことあると思ったんだ」

美森の口ぶりは興奮《こうふん》気味で、目がきらきら輝《かがや》いている。

ようやくわれに返ったわたしは、逆《ぎゃく》に美森の腕をつかみなおして、部屋の隅《すみ》に引っぱっていった。

「ねえ、富田《とみた》さん、痛《いた》いよ」

「ごめん。けど、まさか、中学生で槇田水都を知ってる子がいるとは思わなかった」

「そうかなあ。そんなことないよ。っていうか、いいなあ。あんなすてきなお母さんがいるなんて、マジうらやましい」

　わたしは、やれやれ、という気分で、でも、ここははっきりいっておかねば、と思って口を開く。

「あのさ、高岡《たかおか》さんに、たのみがあるんだけど」

「たのみ？」

「うん。いわないでほしい。富田真貴《とみたまき》、つまりわたしの母親が、槇田水都《まきたみと》だってこと」

　ところが、美森は素《す》っ頓狂《とんきょう》な声を出す。

「そっか！　アナグラムなんだ。なるほどねえ。でも、富田さんのお母さんの名前は知らなかったから、わかるはずないか。とみたまき……まきたみと……」

「あのさ、わたしのいったこと、きいてた？」

「なんで？　あんなすてきな人なのに。自慢《じまん》できるでしょ」

　母の本業は、女性支援《じょせいしえん》のNPO法人の事務《じむ》局長だ。槇田水都は、以前、社会福祉《ふくし》士として働いていた母が、文章力を認《みと》められて、自らの仕事のことを雑誌《ざっし》に書いたときに使ったペンネームだった。それ以来、執筆《しっぴつ》仕事にはその名を使い、二年前からは、月刊《げっかん》の女性誌にエッセイを連載《れんさい》していて、それには小さな顔写真ものっている。もちろん、テレビに出たりしているわけではないので、それほど有名人というわけではなく、知る人ぞ知るというレベルだけれど、たまにはエッセイのファンという人から、出版社《しゅっぱんしゃ》にファンレターが届《とど》くこともある。

今年の春に、べつの雑誌《ざっし》のインタビューを受けたこともあって、そのときは、けっこう大きな写真が掲載《けいさい》された。ネットで、美人エッセイストなんて評《ひょう》された。母はルッキズムにもとづく言葉だと眉《まゆ》をひそめたけれど。それに、わたしからすれば、べつに美人だとも思っていない。芸能人《げいのうじん》でもない人が、少し身ぎれいにしておしゃれな雑誌に登場すれば、そんな修飾語《しゅうしょくご》で語られることはよくあるのだろう。美人アスリートとか、美人ピアニストとか、というふうに。

見方によれば、母はカッコいい人なのかもしれない。精神的《せいしんてき》にも経済的《けいざいてき》にも自立していて、娘《むすめ》を女手ひとつで育てている。といって、そんな母の評判《ひょうばん》を、娘であるわたしが好意的に受けとめているとはかぎらない。外面《そとづら》がよくて、他人には理路整然と語るけれど、家では気分屋だな、と思うこともよくある。ポテトチップスを、直接袋《ちょくせつふくろ》に手をつっこんで食べたりするくせに、客には、おしゃれな器《うつわ》に外国のクッキーを出すところなんか、俗《ぞく》っぽくてきらいだ。

「とにかく、だまっていてほしい。お願いだから」

わたしは、まだ美森の腕《うで》をつかんだままいった。

「……いいけど。ひとつ、条件《じょうけん》がある」

美森は、口角《こうかく》をあげて、小ずるそうな表情《ひょうじょう》をつくった。なに、この子、おとなしそうな顔をして、と内心で反発したが、顔には出さないようにしてきいた。

「条件って？」

「富田《とみた》さんの家に行きたい。一度でいいから、お母さんと話してみたいの」

わたしはその条件をのんだ。

「だけど、いつかは約束できない。ああ見えて、けっこういそがしい人だから」

「もちろん、気長《きなが》にまつよ」

美森は、今度は会心の、という感じの笑顔になった。

「いいなあ、富田さん。富田さんって、そんなに目立つ感じじゃないけど、きりっとしてて、どこかちがうって思ってたんだよね。あたしみたいな平凡《へいぼん》な人間とちがって、オーラがあるっていうか」

「そんな言い方、やめなよ」

思わずきつい言葉になったのは、さらりと自分のことを平凡《へいぼん》だといってしまう美森に、少しばかりカチンときたから。でもたしかに、美森はとりたててぬきんでたものもなく、わたし以上に目立たないタイプではあった。

「だって、そうだもん。かわっているのは名前だけかも」

「いい名前だと思うけどな」

美しい森でミモリ。きらきら感はないけれど、めずらしい名前に入るかもしれない。

わたしが、美森を家に呼《よ》んで、母と引きあわせたのは、それからだいぶ経《た》ってからで、正直なところ、今、こうしているように、美森と親しくなるとは、あのころには想像《そうぞう》もしていなかった。

2 紗奈《さな》

ファミレスのドリンクバーで、宙《ひろ》の分と自分用の飲みものを手にもった私《わたし》は、まだ何にするか迷《まよ》っている美森《みもり》に、

「先に行ってるよ」

と声をかけて、窓側《まどがわ》の席にむかう。

「宙、おまたせ。特製《とくせい》のカフェオレ」

「ありがとう、紗奈《さな》」

宙がくっきりとした目を少し細めて笑う。

修学旅行《しゅうがくりょこう》のあと、三人で過《す》ごすことがふえたが、放課後、こうしてお茶をするのははじめてだった。どの街にも一軒《いっけん》はありそうなありふれた店は、それなりに混《こ》んでいて、店内はざわついている。同じ学校の生徒とおぼしき客もいたけれど、さいわい、知った顔はなかった。

私が先に親しくなったのは美森。二年のときに同じクラスだったが、べつのグループ

だった。三年に進級した際《さい》のクラス替《が》えで、ふたりともグループの仲間がいなかったので、なんとなく話すようになった。美森は中肉中背《ちゅうにくちゅうぜい》、癖《くせ》のない髪《かみ》をポニーテールにしている。おしゃれに気をつかうタイプではないし、何か特技《とくぎ》で目立つというわけでもない。感じは悪くないが、どちらかといえば消極的。ふたりになると口数がふえるが、あれこれ詮索《せんさく》したりはしないので、いやな思いをしたことはない。

私と宙は、秋まではほとんど接点《せってん》がなかった。なので、美森と宙が親しくなった経緯《けいい》も知らない。宙との距離《きょり》が一気に縮《ちぢ》まって三人組になったのは、修学旅行《しゅうがくりょこう》で、たまたま新幹《しんかん》線《せん》の座席《ざせき》が並《なら》んだのがきっかけだった。

なんでそんな話になったのかは忘《わす》れたが、血液型《けつえきがた》が話題にのぼった。性格《せいかく》がわかるなんて、非科学的《ひかがくてき》だといいはなつ宙に対して、遊びであれこれいうぶんにはいいんじゃない？といったのは美森。あくまで遊びということで、それぞれの血液型を推定《すいてい》したところ、全部はずれて笑いあった。私も美森も、宙をB型だと推測《すいそく》したがじつはA型。O型だと宙が予想して私もうなずいた美森がB型。美森からも宙からも、A型だと思うといわれた私は実際にはO型。その結果、血液型で性格が分けられるはずがない、という当たり前の結論《けつろん》にいたった。

星座《せいざ》となればもっとあやしくて、双子座《ふたござ》の私、蟹座《かにざ》の宙、水瓶座《みずがめざ》の美森で、三人とも、一般《いっぱん》にいわれる性格《せいかく》とはちがっていると主張《しゅちょう》し、そのことに意気投合した。むろん、ふたりの性格がわかっているわけではないが、少なくとも、私は双子座の性格としてよくいわれるコミュ力も高くないし、愛嬌《あいきょう》もない。

はからずも意見の一致《いっち》を見た修学旅行《しゅうがくりょこう》の一幕《ひとまく》。おそらく旅が終わって日常《にちじょう》にもどれば、関係ももとにもどる。美森とは節度のある親しさへ、宙とはめったに話すこともないクラスメイトへ。

でも、そうはならなかった。

「小学校のときの友だちは、今ごろ、勉強ざんまいだろうね」

ようやくもどってきた美森のつぶやきに、私はわれに返った。

「会ったりする？」

宙にきかれて、私は首を横に振《ふ》ったが、美森はうーん、というふうに首をかしげる。

「ばったり会ったりすれば、立ち話ぐらいするかな。このあいだも、いいなあ、受験なくてっていわれた」

「わたしの行ってた小学校は、半分ぐらい中学受験してたから」

「宙、都心育ちだもんね。私のところは、そんなにはいなかった」

私の言葉に、美森がうなずく。

「うちもおんなじ」

「なんであれ、この時期にこうしてまったりできるのは、いいよね」

「それなのに、紗奈ってば、あんなふうに、森谷《もりや》くんのこと振《ふ》っちゃうんだもん」

美森が、ミルクティーを飲みながらいった。私は曖昧《あいまい》に笑って窓《まど》の外に目を転じる。街《がい》路樹《ろじゅ》の葉はすっかり夏の勢《いきお》いを失ってくすんで見えた。それが、たよりなげに風に揺《ゆ》れている。私の心もあの葉っぱのように心もとない。けれど今は、モラトリアム。三年後、大学受験のころまでには、歩くべき道が見えてくることをひそかに願うだけだ。

「心が動かないのだから」

かなり間《ま》をはずした私の応答《おうとう》に、宙が鼻白《はなじろ》んだように少し眉《まゆ》をよせた。おそらく、私の言葉は冷淡《れいたん》にきこえたはずで、かといって、宙は非難《ひなん》めいた目をむけているわけではない。あるいは、宙にとっては、森谷爽平《そうへい》の好感度は案外高いのかもしれない。それは、宙にかぎったことではなく、本音をいうならば、爽平に対していささか申《もう》し訳《わけ》ない気がしないでもないのだ。爽平は、中学生男子にしてはおとなびているし、見た目も悪くない。なんでもそつなくこなす、いわゆるモテ系《けい》だ。

修学旅行《しゅうがくりょこう》で訪《おとず》れた京都郊外《こうがい》の観光地、嵯峨野《さがの》。

「吉本《よしもと》さん」

呼《よ》びとめる声に振《ふ》りむいたのは、渡月橋《とげつきょう》のそばにあるショップで母の土産《みやげ》に京菓子《きょうがし》を買ったあとだった。桂川《かつらがわ》の流れと渡月橋をバックに写真を撮《と》ろうということになり、並《なら》んで立つ美森と宙にカメラをむけていたときだ。

写真を撮りたかったので、私は声を無視《むし》した。声の主はわかっていた。その前にも一度、声をかけられたことがあったからだ。「ちょっといいかな」と。そのときは、「だめ」といって退《しりぞ》けた。

写真を撮ったあとで、爽平《そうへい》は、もう一度私の名を呼んだ。

「吉本さん」

私はゆっくり振りむいた。

「何か用？」

「ちょっと話したいんだけど」

「話って？」

気配を察した美森が、

「あたしたち、先に行ってようか？」

といったので、私は美森の腕《うで》をつかんだ。爽平《そうへい》は、こまったように周囲《しゅうい》を見回した。そばに何人か知っている顔があった。小さくため息をついたあとで、意を決したように、爽平は明瞭《めいりょう》な発音でいった。

「吉本《よしもと》さん、おれと付き合ってくれない？」

「付き合うって？」

「おれは、吉本さんのことが、好きだから」

私は、まっすぐに爽平を見つめ、こちらも明瞭な発音でいった。

「興味《きょうみ》ないから」

おそらく、相当に冷ややかな声だったはずだ。そばにいた美森が、ええ？　というふうに口に手をあてて、絶句《ぜっく》していた。

私はすたすたと歩いて渡月橋《とげつきょう》にむかう。美森と宙が、あわてて追ってきた。

「いいの？」

「いいのって、なんで？」

「だって……」

「それより、橋をわたろう」

私は明るくふたりに告《つ》げた。初秋の京都。紅葉《こうよう》にはかなり間《ま》があるとはいえ、この景勝を味わわなくてどうする、と思った。

「ねえ見て。なんか、いいね」

私は、なだらかな山並《やまな》みを指さしながらふたりに笑いかける。

こうしたことは、本来は他人にとっては、どうでもいいことのはずだが、あっというまにクラスに広がった。

帰途《きと》につく新幹線《しんかんせん》の中で、私は何人かの女子から、冷ややかな目をむけられた。

「何さまのつもり？」

という言葉。それは、声を落としたそぶりで私にきかせる言葉だった。むろん、私は気づかぬふりをした。

人目がある場所で、ああいうことを口にした爽平《そうへい》への怒《いか》りもあった。とはいえ、爽平にすれば、そうするしかなかったのだろう。私はけっして、呼《よ》びだされて出向いたりしないから。

宙は、私が非難《ひなん》されたことで、表向きは親しい友としてそばに留《とど》まることになった。非難に憤《いきどお》りを示《しめ》してくれたというわけだ。美森は、宙以上に、一部の女子への怒《いか》りをあらわにした。あれから一か月以上経《た》った今、バッシングもほぼ収《おさ》まった。ほうっておけば、時間が解決《かいけつ》することなのだ。それでも、宙と美森がいなかったら、しばらくのあいだはつらかったろうと思う。クラスでぽつんとひとりになるのは、やはりさびしい。ふたりが何ごともなかったかのように、ふつうに接《せっ》してくれたことは、ありがたかった。ならばこのまま三人が交友を深めるかといえば、そんなこともないだろう。こうした付き合いはしょせん一過性《いっかせい》のもので、高等部に進み、クラスが分かれればそれまでの関係だ。友だちなんて、そんなものだから。

己《おのれ》の本音など、だれにもいえない。

男子に傷《きず》つけられたとか、ひどい目に遭《あ》ったとか、そういうわけではないが、私の心には、男性不信がしっかりと根を下ろしている。つまり私は、爽平《そうへい》だから受けいれなかったのではなく、ほかの男子だったとしても同じ態度《たいど》をとっただろう。男なんてきらいだ。たのむから、まちがってもこの私に、好意なんて示《しめ》さないでほしい。

私たちは三人とも、母子ふたり暮《ぐ》らしという共通点があるのだが、ほかに似《に》たところはない。クラスメイトからは、地味な子たちとして、同じように見られているかもしれないが、それぞれの性格《せいかく》はずいぶんちがう。

宙は、クラス内でこそ目立たない、というよりも目立たないように見せている節《ふし》があるが、じつはリーダーシップのあるタイプだ。わずかに癖《くせ》のあるショートカットで長身。スラックスを選択《せんたく》しているせいか、外見はマニッシュでスタイルもよく、顔立ちもクールだ。部活は合唱部でこのあいだまで副部長だった。口数は多くないものの、論理的《ろんりてき》で成績《せいせき》もいいほうだ。合唱部なだけあって、声がよく通るし言葉も明瞭《めいりょう》だ。もっと注目されてもよさそうなのに、教室では、あえて息をひそめているかのようだ。

「森谷《もりや》くんはさ、紗奈が合気道やってるの、知らないんだよね」

美森は、何かと合気道に言及《げんきゅう》する。それも、心底《しんそこ》感心したように。ギャップ萌《も》え、などといわれたこともある。つまり、美森の中では、メガネの地味キャラにマッチしない合気道ということのようだ。

「知るわけないでしょ」

わざと冷ややかにいったが、そんなことがこたえる美森ではない。

メガネは中一からかけている。実際《じっさい》には近視《きんし》がそれほどひどいわけではなく、後ろの席だと黒板がちょっと見えづらい程度《ていど》だったが、私はメガネがほしかった。買いに行ったとき、母のと同じようなものをとねだって、さすがに母からも店員からも反対された。若《わか》い紗奈には似合《にあ》わない、顔立ちだってちがうのだから、と母はあきれたようにいったが、せめて色だけでも、ということで、同じ黒いフレームを選んだ。

母をまねたい。なんでもまねたい。口癖《くちぐせ》、身振《みぶ》り、手振り、好物。母の好きな映画《えいが》を観《み》て母の好きな小説を読む。大好きな母のようになりたいと、日々《ひび》願っている。とはいえ、たしかに母のいうように顔立ちは似たところがなく、母は丸顔の童顔。勤務先《きんむさき》の学校で、高校生たちに交じっても違和感《いわかん》がない母に比《くら》べ、私はやや面長で顎《あご》がとがっている。それでも、雰囲気《ふんいき》をまねていると、よく似てらっしゃいますね、などといわれることもあって、そんなときはその場で踊《おど》りだしたくなる。実際には踊ることなどできないのだが、頭の中で私は母の手をとってワルツを踊る。

「でも、なんで合気道をはじめたの？」

宙の声が現実《げんじつ》に引きもどす。

「母が、体験教室に行くというので、ついていったのがきっかけ」

「お母さんもやってるの？」

「ううん。いそがしいから」

「紗奈のお母さんって、高校の先生なんだよね」

と美森。美森は記憶力《きおくりょく》がいい。一度話しただけなのに。

「うん。女子高校の教師《きょうし》。すごくいそがしくしてる」

「受験指導《しどう》とかもあるんでしょ。教師って専門職《せんもんしょく》だよね。いいなあ。紗奈のお母さんも、うちのママみたいに、平凡《へいぼん》な人じゃないんだよね」

美森の母は、小さな会社で事務職員《じむしょくいん》をしていると、何度かきいていた。

けれど、今、美森、なんていった？　紗奈のお母さんも、といわなかったろうか。紗奈のお母さんは、ではなく。美森は、宙のお母さんの仕事を知っているのだろうか。私は、美森ほどにはまだ宙のことを知らない。もちろん、母親の職業など知るべくもない。

「部活の顧問《こもん》なんかもしてるの？」

宙にきかれて、目を移《うつ》す。

「というか、夜も電話で生徒の相談に乗ったり。そこまでしなくてもいいのに、って思うくらい、親身になってるから、正直ときどきむかつく。あんまり要領《ようりょう》がよくないせいか、話を切りあげるのも下手《へた》なんだよね」

「でも、仕事だもの。つまり、いい先生だってことでしょ」

美森がいった。

わかっている、そんなことは。でも、だれにもわからないはずだ。私のいらだちが、ほんとうはジェラシーであることは。だれにもいえない。だからだれも知らない。母も知らない。

私は、できるならば、母を独占《どくせん》したかった。

3 美森《みもり》

築《ちく》二十年近くになるマンションの一室。２ＬＤＫのわが家は、ママとふたりで暮《く》らすには十分だ。あたしはこの家で生まれた。

ドアを開けてもだれもいない。それはたぶん、紗奈《さな》も宙《ひろ》も同じなんだろうな。三人とも、母親とのふたり暮《ぐ》らしなのだから。あ、でも、宙のお母さんは、在宅《ざいたく》でカッコよく仕事したりすることもありそう。

宙とお母さんが暮らすマンションには、一度だけ行ったことがある。広さはうちとかわらないけど、うちよりは都心に近いおしゃれな町にあって、建物も部屋の中も、ずっとスタイリッシュだった。それに比《くら》べてわが家の内装《ないそう》とか家具なんかが味気ないのは、母親のセンスの差かな、と思ってしまった。あのときは、あたしが平凡《へいぼん》なのは、母親が平凡だからなのだ、というのをこれでもか、というふうに思い知らされた気になった。

宙にも紗奈にも、父親とは死別なのか離別《りべつ》なのかをきいたことはない。あたしも話していない。振《ふ》りかえってみても、あたしをふくめ、三人の口から父という言葉が出たことはない気がする。

あたしは、パパのことはしっかり覚えているし、親のことで、少しはつらい思いもした。なんといっても、大きく影響《えいきょう》を受けたのは、小学生の途中《とちゅう》で、名字がかわったことだ。もちろん、両親が離婚《りこん》したからといって、あたしが復姓《ふくせい》したママと同じ名字にする必要はないけれど、名字をかえることに、それほど抵抗《ていこう》はなかった。

だからといって、あたしが平然としていられたわけじゃない。だって、それだけで、親が離婚したって告《つ》げてるのと同じだもの。それは、小学校五年生のときで、できれば中学入学のときとかならよかったとは思った。結局、中学受験にいっそう熱が入ったのは、そのことが影響していたのかもしれない。

中学のクラスメイトは、一山美森《いちやまみもり》だったことをだれも知らない。当たり前に、高岡《たかおか》美森として受けいれてくれている。ほっとしたし、のびのびできた。これも、中学受験したおかげってわけだ。

五年生の冬休みに、パパが広島にもどったあと、ママがあたしに告げた。――パパね、べつに好きな人がいるの。だから、もう、私《わたし》と美森は、パパとはいっしょに暮《く》らせない。

そのころ、パパの勤務先《きんむさき》が、多摩《たま》地区にある大学から広島県の大学にかわった。でも、もともと東京出身だったし、多摩《たま》地区の大学でも非常勤講師《ひじょうきんこうし》をつづけていたこともあって、一週間のうち四日間を、広島のワンルームマンションで過《す》ごし、週三日はこの家にもどってきていた。仕事は広島に行く前からいそがしかったようで、帰りもおそかったから、広島に行くようになっても、あまりさびしいとは思わなかった。それは、両親が離婚《りこん》したあとも同じだ。

遊んでもらった記憶《きおく》はほとんどないけど、学者だけあって、勉強を教えるのはうまかった。いい大学を出て研究職《けんきゅうしょく》についたパパには、平凡《へいぼん》なママのことがもの足りなかったのかな、と思う。パパが好きになった女の人は、同じ大学の先生らしい。きっとママとちがって頭のいい人なのだろう。

広島の大学に赴任《ふにん》したころのパパは、准教授《じゅんきょうじゅ》だったが、去年教授に昇任《しょうにん》した。ソファに座《すわ》って雑誌《ざっし》を広げる。三十代から四十代の女性《じょせい》向けの月刊誌《げっかんし》で、ママが購読《こうどく》しているものだ。あたしが読むようなものではないし、ファッションも趣味《しゅみ》も、なんの参考にもならない。でも、宙のお母さんがエッセイを連載《れんさい》しているので、そこだけは楽しみに読んでいる。楽しみ、といっても、けっこうむずかしいことも書いてあるけど。アメリカの映画《えいが》の記事かと思ったら、女性《じょせい》差別を告発《こくはつ》する#MeToo運動のことだったり、チョコレートの話がフェアトレードの話につながったり、化粧品《けしょうひん》の話からマイノリティ差別をしている企業《きぎょう》の批判《ひはん》になったり。そういうのもカッコいいな、と思う。記事からは、男の人にたよらず、自立したすてきな女性《じょせい》であることが伝わってくる。

宙のお母さんは、ときどき出張《しゅっちょう》で家を空《あ》けるらしい。そんなとき、宙はひとりで過《す》ごす。さびしくないかときいたら、のびのびできると笑っていた。やっぱりああいうお母さんに育てられた宙は、あたしより強くてしっかりしている。

「ただいま」

という声がきこえたので、あたしは雑誌《ざっし》を閉《と》じて、もとの場所にもどした。ママが帰ってきたのだ。時計を見ると六時半。ママの帰宅《きたく》時間は、ほぼ毎日同じだ。ママの会社でも、専門職《せんもんしょく》や管理職の人は、おそくまで働いているようだけれど、一般職《いっぱんしょく》のママは、めったに残業もないかわりに、給料はあまり高くない。でも、四十歳《さい》で正社員になれたのだから、運がよかったといっている。ママは、欲《よく》もあまりない。そういうところは、自分も似《に》ているかもしれない。それでまたちょっとがっかりしてしまう。

「すぐにご飯にするね」

ママは、さっとエプロンをして支度《したく》をはじめる。といっても、平日は手のこんだ料理などはつくらない。おかずも出来合いのものを買ってくることがけっこう多い。この日も、食卓《しょくたく》にならんだのは、スーパーの値引《ねび》き品《ひん》のとんかつと作りおきの煮物《にもの》。ママはお味噌《みそ》汁《しる》とサラダをつくっただけだ。ご飯を炊《た》いておくのはあたしの仕事で、それも毎日ではなく、一度に五合炊いて、残りは冷凍《れいとう》する。

食事どきの会話は少ない。残業がほとんどないといっても、フルタイムで働くママには感謝《かんしゃ》している。でも、どことなくつかれた表情《ひょうじょう》のママを見ていると、もう少しはつらつとしていてほしい、と思ってしまう。身ぎれいにはしているけれど、見るからに地味で、宙のお母さんと同世代なのに、ずいぶん老けて見える。

「ママ、そろそろ美容院《びよういん》、行ったら？」

「ええ？　まだいいでしょ。お金がもったいない」

お金のことをもちだされたら、それ以上何もいえなくなる。

夕食後、あたしはソファに移動《いどう》して、スマホを立ちあげると、だいぶ前に撮《と》った一枚《まい》の写真を見る。ガラスドームに入ったプリザーブドフラワーの写真は、宙の家に飾《かざ》ってあったものを撮らせてもらった。

あれは、七月に入ったばかりの土曜日だった。その部屋に入ったときから、あたしのテンションはあがっていた。リビングルームの広さはうちとそんなにかわらないのだけど、天井が高くて窓《まど》も大きい。天井には四灯のおしゃれなシーリングライト。ソファはシックで落ちついた茶色。部屋の何か所かに置かれた観葉植物。うちとはなんというちがいだろう。いいなあ、すてきなリビングで……。

ほんとうは、リビング全体を撮《と》りたかった。槙田水都《まきたみと》を撮りたかった。でも、そうもいえないから、あたしはひとつのものを指さしてきく。声がうわずっているのが、自分でもわかった。

「これ、すてき。写真撮ってもいいですか？」

それが、造《つく》りつけの飾《かざ》り棚《だな》に置かれた花。ばらやミニサイズのひまわりがベル型《がた》のガラスドームに入っていた。宙のお母さん、ううん、槙田水都さんは、一度学校で会ったときも、雑誌《ざっし》の写真で見たときも、きれいにお化粧《けしょう》していたけれど、その日は、ノーメイク。飾り気のない生成《きな》りの白いシャツ。それなのに垢《あか》ぬけていて、なんかカッコいいな、と思った。そして、あたしに近づいてきて、細くてきれいな指で、ガラスドームにそっとふれながらいった。

「いいわよ。それ、かわいいでしょ。いただいたものだけれど」

「ありがとうございます！」

スマホをかまえて、距離《きょり》を測《はか》っていたあたしに、宙は冷ややかな声でいった。

「わたしは、プリザーブドフラワーって好きじゃないな。花としてありえない色にしたりするし。ついでにいうと、うちの観葉植物も偽物《にせもの》だから」

そんなことは気にならなかった。だって、今、あこがれの人と同じ部屋、しかも、こんなおしゃれな空間にいるのだから。でも、何を話したらいいのだろう。そうだ、記事を読んでいることを伝えなくては。

「あの、母の買ってる月刊誌《げっかんし》で、いつも拝読《はいどく》しています」

「まあ、あなたが読むような雑誌《ざっし》ではないと思うけれど、ありがとう。うれしいな」

自然でやわらかくて、でも強さをもった表情《ひょうじょう》は、きっと人柄《ひとがら》そのものなのだ。

「美森のお母さんのこと、覚えてるよね。親子面談のとき、話してたでしょ」

「そういえば、まってるときに、少しおしゃべりしたわね」

「あ、うちの母は、地味だから、そんなに記憶《きおく》には残らないと思います」

あたしの言葉に、槇田水都《まきたみと》さんは、少し首をかしげてからいった。

「思いだした。母ひとり子ひとりだっておっしゃっていたので、うちと同じですね、といった覚えがある」

それから、なんとも優雅《ゆうが》に微笑《ほほえ》む。でも、きどった感じはぜんぜんない。ママからもたされた焼《や》き海苔《のり》もうれしそうに受けとってくれた。お土産《みやげ》にするには地味すぎる、もう少し気のきいたものにしてくれればいいのに、と思っていたので、あたしはずいぶんほっとしたのだった。

宙の家にいたのは、一時間半ぐらいだったけれど、あたしにとっては夢《ゆめ》のような時間だった。都心の有名なお店のケーキと、あたしが知らないブランドのティーカップに入れた紅茶《こうちゃ》。家で飲む紅茶より、濃厚《のうこう》で香りもよかった。

カップを手にとる動作も、飲み方もすてきで、つい見とれてしまう。いつまでも、見ていたい。あたしのママも、こんなすてきな人だったらいいのに。

これから仕事だと立ちあがった槇田水都《まきたみと》さんからは、ゆっくりしていってね、といわれたけれど、ほどなく、あたしは宙の家をあとにした。だって、宙と遊ぶことが目的ではなかったから。

駅まで送ってくれた宙に、

「ほんとにすてきなお母さんでうらやましい」

と告《つ》げたのに、宙の素《そ》っ気《け》ないことといったら！

「隣《となり》の芝生《しばふ》は青いっていうでしょ」

それでも、いつしか宙は、ほかのクラスメイトとよりは、あたしと話すようになった。


「ねえ、ママ。富田《とみた》さんのお母さんのこと、覚えている？」

「富田さん？」

「ほら、親子面談のとき、会った人」

「ああ、あのきれいな人ね」

あたしは、雑誌《ざっし》を開いてママに示《しめ》す。

「これ、そうなんだよ。槇田水都《まきたみと》というのはペンネーム」

「あら、そうだったの？」

「そう。そのこと、学校で知ってるのは、あたしだけなの」

そう思うと、ついにんまりしたくなる。もちろん、秘密《ひみつ》にしたがる宙の弱みをにぎっているなんて気持ちはぜんぜんない。あたしにとっても、すてきな秘密だもの。

「じゃあ、美森は、富田さんと仲よしなのね」

仲よし。そうなのかな。なんでも話す友だち、というのとはちがう。だって、宙はガードがかたいというか、あまり本音を語らない。宙は槇田水都《まきたみと》さんの娘《むすめ》だけあって、かわいいというよりカッコいいタイプ。しっかり者だし、ふつうならもっと目立ってもいいのに、まるでわざと自分の能力《のうりょく》をかくしてるみたいなところがある。それと、不思議なのは、あんなにすてきなお母さんに対して、わりと冷たいことだ。隣《となり》の芝生《しばふ》は青い、なんて……。

「ママも、槇田水都さんとか見習って、もっとおしゃれしたら。おんなじ服ばっか着てないで」

「うちは、そんなに贅沢《ぜいたく》する余裕《よゆう》がないから」

「あたしが私立《しりつ》に行ってるせい？」

「何をいうの。美森はそういうこと、心配しなくていいのよ」

ママはやさしい。あたしのために、がんばって働いてくれている。不満をいったらバチがあたることは、わかっている。わかっているけど、やっぱり、ママが平凡《へいぼん》な人であることが残念だ。何よりも、そんなママの子だから、あたしも平凡でとりえがない、と思ってしまうから。

スマホをスワイプしているうちに、紗奈と宙の写真が出てきた。修学旅行《しゅうがくりょこう》で撮《と》ったものだ。こうして写真で見ると、ほんとに宙って意志《いし》の強そうな表情《ひょうじょう》をしている。かえって紗奈のほうが、何考えているのかわからない。それって、メガネかけてるせいかな。あのとき、切りすてるように森谷《もりや》くんを振《ふ》ったのにはびっくりしたけれど。

紗奈のお母さんには会ったことがない。たしか、女子高校の社会科教師《きょうし》だときいた。教師も資格《しかく》の必要な専門的《せんもんてき》な仕事だ。でも、あたしのママは、仕事に生かせるような資格なんて何ももっていない。

宙も紗奈も、あたしより成績《せいせき》がよくて、紗奈には何度か数学を教えてもらった。だから、というわけじゃないけれど、今の三人組は、けっこう気に入っている。このまま、高等部に進むまで、いい関係がつづけばいいな。

高等部にそのまま行けるのは、やっぱりありがたい。もしも、近くの公立中学に行っていたら、どの高校に進むかで、ある程度《ていど》将来《しょうらい》の進路が決まってくるから、今ごろ、高校の選択《せんたく》にすごく悩《なや》んでいただろう。名字のことがなくても、中学受験して正解《せいかい》だったな、と思う。うちの学校は、大学の進学率《しんがくりつ》はほぼ百パーセントだし、推薦《すいせん》ももらいやすい。

今のモラトリアムがありがたい。でも、将来のことを考えると不安もある。何の才能《さいのう》もないあたしに、何ができるのだろう。

4 宙《ひろ》

教室に入るとすぐに、美森《みもり》が歩みよってきた。

「ねえ、宙《ひろ》、知ってる？　駅での事件《じけん》」

「駅で？　何かあったの？　気がつかなかったけど」

わたしたちの学校は、九割《わり》の生徒が同じ駅から通学している。残りの一割は徒歩と自転車だ。つまり、最寄《もよ》り駅《えき》はひとつだけれど、わたしが駅を出たときには、何か事件があったような形跡《けいせき》はなかった。

「あたしも、自分では見てないんだけどね。早川《はやかわ》さんが……」

美森がむけた視線《しせん》を追うと、当の早川蘭《らん》が、数人の子に囲《かこ》まれながら、少し興奮《こうふん》気味にしゃべっていた。

「何があったの？」

「痴漢《ちかん》」

その言葉をきいたとたん、きゅっと胸《むね》がしめつけられるような気がして顔をしかめた。

「早川《はやかわ》さんが、被害《ひがい》に遭《あ》ったの？」

「ちがうちがう。同じ車両に乗ってた、高等部の間山《まやま》さんが被害者。だけど、間山さん、相手の男の手をつかんで、痴漢《ちかん》です！　っていって、電車から引きずりおろしたんだって。それをね、早川さんが目撃《もくげき》してたってわけ」

「……へえ、すごいね」

すぐに始業のチャイムが鳴って、話はそれきりになった。それでも、痴漢という不穏《ふおん》な言葉をきいて、わたしはすっかり気分が悪くなった。

痴漢は犯罪《はんざい》です、といくら告知《こくち》しても、現実《げんじつ》に痴漢被害はあとをたたない。この学校に通うようになってから、電車の中で被害に遭ったという話はときどき耳に入ってきて、きくたびに憂鬱《ゆううつ》になる。この日も、なんだか気持ちが滅入《めい》ってしまい、あまり授業《じゅぎょう》に集中できないまま昼をむかえた。

昼休みになっても、早川さんは、また朝の話をしているようだ。とぎれとぎれに、間山さんが毅然《きぜん》としてとか、犯人がとか、駅員がとか、語る言葉が耳に届《とど》く。

思わずため息をつくと、

「いやだねえ、痴漢なんて」

と、美森が眉《まゆ》をひそめ、すぐに、紗奈《さな》もつづけた。

「けっこう多いよね。とくに夏」

「遭《あ》ったこと、ある?」

「そりゃあ、あるよ。すごく不愉快《ふゆかい》で、一日中気分悪かった」

紗奈が眉をよせていった。たぶん、小柄《こがら》でおとなしそうな紗奈は、長身のわたしよりもねらわれやすいだろう。

わたしは、電車通学をするようになってからの二年半あまりで、一度も痴漢《ちかん》に遭ったことはない。美森はどうなのだろう。そっと見ると、紗奈の言葉に、だよね、というふうにうなずきながら、おずおずといった。

「でも、あたしは、なかなか間山《まやま》さんみたいにはやれないかも」

間山光姫《みつき》さんは、高等部の二年生でテニス部の部長だ。ショートカットでスタイルばつぐん、中等部の女子にも人気があった。

「そうかな。泣《な》き寝入《ねい》りしたらだめだと思うよ。今度遭ったら、足を踏《ふ》んづけてやる」

紗奈が、まだ憤《いきどお》りをかくさずにいう。もしかしたら、こんな紗奈が、そして、ばっさりと爽平《そうへい》を切りすてた紗奈が、ほんとうの紗奈なのかもしれない。ものすごく強い。たぶん、わたしよりもずっと。

「紗奈は合気道やってるし。宙は、どう？」

美森がわたしを見る。美森は、いつだって、そこにいるだれかを無視《むし》しない。たとえ、ほうっておいてほしいときでも。わたしは、注意深く、わずかに口角《こうかく》をあげる。

「わたしは、背《せ》、高いから、被害《ひがい》を受けないほうだと思う」

「たしかに、紗奈みたいに小柄《こがら》だと、満員電車ってだけでもつらいよね。男の人が壁《かべ》になっちゃいそうで。でも、いつだったかな。友だちの先輩《せんぱい》が、痴漢《ちかん》にまちがえられそうになった、という話、きいた。男子は男子で気をつかうみたいだよ」

「もう、美森ってば、男の味方するの？」

紗奈が軽く美森をにらんだが、わたしは、そこまでいうか、と思った。


駅員につきだしたといっても、痴漢に遭《あ》ったことは事実なので、担任《たんにん》の田辺《たなべ》先生からは注意喚起《かんき》があった。それで、半年ぐらい前にも同じようなことがあったことを思いだした。そのときの被害者は、同級生の野崎《のざき》はるかだった。まわりで気づいた人が駅員に通報《つうほう》したために被害が明らかになった。野崎さんは見た目が派手《はで》なタイプの生徒だったせいか、先生の言い方からは、被害者《ひがいしゃ》にも落ち度があったというニュアンスが感じられて気分が悪くなった。男性教師《だんせいきょうし》ならともかく、田辺《たなべ》先生は女性なのに、と腹《はら》が立ったことを思いだした。

その日は部活がない日で、美森と紗奈と三人で教室を出た。ふつうの中学三年生は、もう部活は引退《いんたい》している時期だけれど、うちは中高一貫《いっかん》で受験がないので、活動を継続《けいぞく》している。だから、ふたりといっしょに帰れるのは、合唱部の活動がない日だけだ。

正門にむかう途中《とちゅう》、ヒマラヤスギの下で、数人の女子がかたまっているのが見えた。ぱっと目についたのは野崎《のざき》さんで、早川《はやかわ》さんもいた。そして中にひとりだけ、高校の制服《せいふく》の人がいた。

「間山《まやま》さんだ」

つぶやいたわたしが、野崎さんや早川さんの名前を出さなかったのは、遠目でもひときわ長身の間山さんのほうが目立ったから、というわけではない。でも、わたしが避《さ》けた名を美森が口にする。

「早川さんもいるね。野崎さんも。そっか、テニス部の子たちか。きっと、朝のことで、熱烈《ねつれつ》に先輩《せんぱい》をほめたたえてるんじゃない？」

美森の口調が、めずらしく皮肉を帯びた。紗奈が爽平《そうへい》を振《ふ》ったときに、早川《はやかわ》さんも野崎《のざき》さんも、紗奈をかなりディスっていたからだろう。不思議なことに、紗奈自身は、自分を非難《ひなん》した女子に対して、さほどの悪感情《あくかんじょう》をもっていないようだ。むしろ美森のほうが義憤《ぎふん》にかられていた。

「間山《まやま》さんみたいな人が被害者《ひがいしゃ》だと、田辺《たなべ》先生も、被害者も悪いとか、いえないよね」

わたしの言葉に応《おう》じたのは美森だった。

「ああ、たしかに。野崎さんのときは、なんか、先生、感じ悪かったよね」

そういったあとで、美森は田辺先生の口調をまねた。

「スカートを短くしたりしては、目をつけられますよ。スキをつくらないように注意をおこたってはなりません。いいですね。っていうかさあ、スカートが短いとか、注意力が足りないとか、悪いのは加害者なのに。女性教師《じょせいきょうし》なんだから、女子の味方してほしいよ」

いっていることには同意しながらも、ものまねがけっこう特徴《とくちょう》をつかんでいたので、思わずわたしは笑ってしまったが、紗奈は顔をしかめた。

「田辺、価値観《かちかん》昭和だし。なんであれ、痴漢《ちかん》とかってクズだよね、まったく男ってしょうがない」

はきすてるような紗奈の言葉に、少し驚《おどろ》いた。男ってしょうがない、とまでいうとは。爽平《そうへい》をすげなく振《ふ》った紗奈は、もともと恋《こい》バナに興味《きょうみ》を示《しめ》さないし、まるで男の人をきらっているみたいだ。

「野崎《のざき》さんもテニス部だったよね。けど、早川《はやかわ》さんとも仲がいいの?」

そうきくと、美森が教えてくれた。

「同じグループだけど、どうかな。野崎さんって、上級生に人気があるみたいだよ。陰《かげ》でエロカワ女子とかっていわれてるらしい。早川さんもわりと派手《はで》なほうだけど、ほんとは合わないいんじゃないかな」

美森はのんびりしているようで、案外クラスメイトの状況《じょうきょう》を把握《はあく》していて、わたしよりもずっとくわしい。

わたしは、駅でふたりと別れた。わたしだけ方向がちがうのだ。それがそのまま三人の今の関係性《かんけいせい》を表しているようで、もしも三人でいて、バスの座席《ざせき》のように二対一に分かれなければならなくなったら、一になるのは、たぶんわたしだ。美森と紗奈は、ふたりのときにどんな会話をしているのだろうか。

朝とちがって電車は混《こ》んでいない。とはいえ、座《すわ》れるほどではなく、わたしはドアのそばの手すりにつかまって立つ。ドアのそばならすぐに降《お》りられる。これまで、男の人がどっと集団《しゅうだん》で乗ってきたときに、まだ降車駅《こうしゃえき》ではないのにいったんホームに降りて、べつの車両に移動《いどう》したことが何度かある。

わたしは、紗奈みたいに男の人に対して手きびしいわけではない。過去《かこ》に、いいな、と思った男子は何人かいる。だれにも話してないけれど、紗奈が切りすてた爽平《そうへい》に少し惹《ひ》かれていた。もちろんそんなことを、美森や紗奈にもいわないし、爽平本人に伝えるつもりはない。なぜなら、わたしの思いは、恋愛関係《れんあい》に到達《とうたつ》する前にしぼむ。そのことが、自分でわかっているから。

いっそ、心惹かれるなんてことがなければいいのに。

わたしは、男の人がきらいなのではなく、男の人が怖《こわ》いのだ。

電車で痴漢《ちかん》に遭《あ》ったことはない。そんなことが起こらないよう、ものすごく注意しているから。女性専用車両《じょせいせんよう》があればそこに乗る。ない時間帯は、混《こ》んでいたらできるだけ女性客のあいだに入る。登校時は知り合いを探《さが》す。ぎゅうぎゅうづめの電車は、よほどの事《じ》情《じょう》がなければ見送る。荷物の持ち方にも工夫して、人とのあいだにカバンを介在《かいざい》させる。制服《せいふく》のボトムスはスラックスにしている。車内に空席が多くても、ひとりのときは座《すわ》らない。そんなふうにして、この二年半をやり過《す》ごしてきた。

最寄《もよ》り駅《えき》で電車を降《お》りてから、自宅《じたく》までは歩いて十五分ぐらいだ。駅前の商店街をぬけるとすぐに、閑静《かんせい》な住宅街《じゅうたくがい》にかわる。ふだん通る道の途中《とちゅう》にT字路があって、その細い道を曲がって少し進むと、小さな公園がある。ふと、しばらくぶりに公園のほうに足をむけた。

ブランコで遊ぶふたりの子どもが見えた。それから、ベンチに座《すわ》る老人。そばには犬。公園はわたしが思いえがいていたよりもずいぶん明るかった。わたしが小学生の低学年ぐらいのころは、もっと樹木《じゅもく》が多くて見通しが悪かった。

入り口の手前で足が止まった。いまだに、ここに来ると鼓動《こどう》が速くなってしまう。

あれは、小学校の三年生のときだった。そのころのわたしは、はきはきしていて目立つ子だった。背《せ》も高めで、いつも実際《じっさい》の年齢《ねんれい》よりも上に見られた。だから、何かとたよられ、先生の信頼《しんらい》も厚《あつ》かった。たよられることが心地《ここち》よかったから、友だちに——友だちだけでなく、他人に親切にする自分が好きだった。

友だちの家で遊んで、少し帰りがおそくなった。季節は晩秋《ばんしゅう》で日没《にちぼつ》も早く、すでにあたりは薄暗《うすぐら》かった。友だちの家から自分の家に帰るのに、公園の中を通ってべつの出入り口を出ると少し近道になる。公園の敷地《しきち》に足を踏《ふ》みいれたとき、声をかけられた。

「ねえ、君、ちょっと教えてくれるかな」

黒いカバンをかかえた若《わか》い男で、感じのいい笑顔をわたしにむけている。身なりもきちんとしていた。

「なんですか」

「この近くに、山田《やまだ》さんという家、あるかな」

「山田さんなら……」

わたしは、振《ふ》りむいて公園の入り口のそばに立つ一軒《いっけん》の家を指さす。二階建てのその家には、お年よりの夫婦《ふうふ》が住んでいることを、わたしは知っていた。

「どこ?」

その男は、わたしに近づき、目の高さを合わせるように、身をかがめた。

「あの柿《かき》の木がある……」

そういいかけたとき、男の顔がにゅっと近づいてきた。そして、さっと左手でわたしの手首をつかむと、右手でスカートをまくりあげた。

「あ……」

開きかけた口が、男の手でふさがれた。

「声を出すな」

押《お》しころしたような声でいわれたが、禁《きん》じられなかったとしても、声は出せなかっただろう。そのまま、男は背後《はいご》から腕《うで》を回してわたしをつかむと、植《う》え込《こ》みのほうに引っぱっていく。

だれか、助けて……。

必死に振《ふ》りはらおうとしたが、がっちりつかんだ相手の腕はほどけなかった。わたしは、口をふさいでいる男の指に、思い切りかみついた。そして、一瞬《いっしゅん》、腕がゆるんだそのスキに、腕を振りほどいて逃《に》げた。

「まて！　このガキ」

通りに出たとき、前を歩く人が見えた。そのせいだろうか、追ってくる足音がきこえなくなった。それでも、わたしは必死に走った。振りむくこともできずに逃げた。もしも振りむいたら、追いかけてくる姿《すがた》を見てしまうのではないか、後ろから襟首《えりくび》をつかまれるのではないか……。そんな恐怖《きょうふ》からも逃げるように、ひたすら走った。

マンションの前に着いたとき、ちょうど中から出てきた人がいて、わたしは自動ドアの中にかけこんだ。荒《あら》い息をはきながら、ドアが閉《し》まるのを見てやっと、だいじょうぶだ、と思った。オートロックだから、よそ者は入れない。物陰《ものかげ》から少しのあいだそっと見ていたが、だれも来なかった。

エレベーターに乗って降《お》りる階のボタンを押《お》す。そのときになって、じわっと涙《なみだ》が浮《う》かんだ。

わたしは、そのことをだれにも話さなかった。母親にも、友だちにも、先生にも。

それからしばらく経《た》って、公園のそばに変質者《へんしつしゃ》が出没《しゅつぼつ》しているので注意するようにと、学校からの通達があった。低学年の少女ばかり、何人かが声をかけられただけでなく、二年生の子が、抵抗《ていこう》したときに軽いケガをしたのだという。

「宙も気をつけるのよ。薄暗《うすぐら》くなってからは、絶対《ぜったい》に公園を通っちゃだめよ」

そう母にいわれたとき、心臓《しんぞう》がバクバクして、過呼吸《かこきゅう》になりそうだったけれど、ただ、うん、とうなずいた。

なぜ、母に告《つ》げられなかったのか。あの日、もしも家に逃《に》げかえったわたしを、母がむかえてくれたら、もしかしたら話したかもしれない。公園のそばにへんなおじさんがいて……と。なんで自分のお母さんは、家にいてくれなかったのだろう。〇〇ちゃんのお母さんは、いつも家にいるのに。お帰りっていってくれているのに。お父さんが生きていたころは、いつも家にいて、おやつをつくってまっていてくれたのに。もっとやさしかったのに。

子ども心にも、自分の思いが母にとって酷《こく》なものであることはわかっていた。なぜなら、父の死後、母は外で働くようになってわたしたちの生活を支《ささ》えているのだから。理屈《りくつ》ではわかっても、あの日、ひとりリビングの片隅《かたすみ》でちぢこまっていたわたしは、母への恨《うら》み言《ごと》を心にためこんだ。

事件《じけん》が発覚したあとは、おとなたちの監視《かんし》が強まり、樹木《じゅもく》の枝《えだ》が刈《か》られ、いつしか変質者《へんしつしゃ》の話はきかなくなったが、わたしはその公園に、ずっと近づくことができなかった。

何年か経《た》ってから、もし、あのとき、わたしがすぐにおとなに告《つ》げていれば、二年生の子がケガをせずにすんだかもしれない、と思ったことがある。それどころか、だれも知らないところで、もっと手ひどい被害《ひがい》を受けている子だっていたかもしれない。その思いは、二重にわたしを苦しめた。自分だって怖《こわ》い思いをしたのだ。それなのに、なんで後ろめたさを感じなければならないのだろう。

わたしは一切《いっさい》をなかったことにしようと思った。でも、それもむずかしかった。思いだしたくないのに、まとわりつくように、あのときのことが、あの男の顔が、手が、よみがえる。何度も。そのたびに心拍数《しんぱくすう》があがる。なぜわたしは、大きな声で助けを呼《よ》べなかったのだろう。

わたしは動揺《どうよう》していたはずだが、その動揺さえ包みかくした。当初は、元気がないけど何かあったのか、と母にきかれたが、なんでもないよと首を横に振《ふ》ると、それ以上追及《ついきゅう》されることはなかった。

このことがわたしの心に落とした影《かげ》は、小さいものではなかった。

おとなの男の人が怖《こわ》くなった。相手に他意がないとわかっていても、先生にさえ近づかれると一歩下がった。人前に出ることも怖くなったが、小学校を卒業するまでは、なんとかリーダーシップのあるキャラをつらぬいた。ふとしたおりにおそってくる恐怖心《きょうふしん》と闘《たたか》いながら。幸か不幸か、勉強はできたし、発音が明瞭《めいりょう》で滑舌《かつぜつ》もよかった。それだけで、クラス委員はけっこうこなせた。運がよかったのは、卒業するまで、担任《たんにん》の先生が女性《じょせい》だったことだ。

幼稚園《ようちえん》のころから習っていたピアノをやめたのも、あのことがきっかけだった。四年生になったとき、ピアノの先生が結婚《けっこん》して引《ひ》っ越《こ》したので、少し遠くなった。レッスンは土曜で、先生の家に行くと、結婚相手の男性《だんせい》が玄関《げんかん》を開けてくれた。先生もいるのだし、怖《こわ》がる理由はどこにもないのに、その人と目が合うと、きゅっと胃《い》のあたりが痛《いた》くなった。やめたいとだけ伝え、理由をいわなかったから、母とけんかになった。ピアノを習わせるのは、母の夢《ゆめ》だったから。でも、そこは母が折《お》れるしかなかった。

中学生になってからは無理するのをやめた。そのころには、忌《い》まわしい記憶《きおく》はだいぶうすれてはいたけれど、もうわざわざ面倒見《めんどうみ》のいいリーダー役を演《えん》じる必要はない。さいわいなことに、進学先はわりと自由を重んじる校風だったので、リーダーシップをとる子はいくらでもいそうだった。

気がかりは電車通学で、通いはじめたばかりのころは恐怖心《きょうふしん》もあったが、ラッシュを避《さ》けながら少しずつならした。

合唱部に入ったのは、顧問《こもん》が女性教師《じょせいきょうし》だったからだ。いちばん入部したかった吹奏楽《すいそうがく》部《ぶ》は、ガタイのいい男性教師が顧問だったので断念《だんねん》した。

おとなの男が怖くても、小学生のころは、たいていの男子よりも背《せ》が高かったこともあって、同級生に恐怖感を抱《いだ》いたことはなかった。

中一の秋に、ラブレターをもらった。同級生の、少しひょうきんなタイプの男子。好感をもっていた相手だったし、手紙という古風な告白《こくはく》もうれしかった。いっしょに下校するようになった。自分ではやらないゲームの話、自分では読まない漫画《まんが》の話。おたがいの部活のこと。話すことが楽しかった。でも、しばらく付き合ううちに、相手から手をにぎられた。その手を、とっさに振《ふ》りはらってしまった。なんだよ、と鼻白《はなじろ》んだ顔をむけられた。それがきっかけで別れた。たった一か月しかつづかなかった。

三年になって、いいな、と思ったのは爽平《そうへい》だった。男子の中ではおとなびていたし、すらっとして見た目もさわやかだった。もちろん、恋愛《れんあい》未満の感情《かんじょう》だったし、自分から声をかけたりするつもりはなかった。仮《かり》に、相手に声をかけられたとしても、やっぱり付き合う勇気はもてなかっただろう。だから、爽平が紗奈を好きだとわかっても、とくに嫉妬《しっと》めいた思いを抱《いだ》くことはなかった。

そうしたもろもろの感情。男の人への恐怖感《きょうふかん》も、ほのかな恋心《こいごころ》も、母に告《つ》げたりはしなかった。母がきらいなわけはない。わたしの生活を支《ささ》えてくれているだけでなく、けっしてものわかりが悪いわけではない。ほしいものは買ってくれるし、わたしの意向を——ピアノをつづけさせることへの執着《しゅうちゃく》をべつとすれば——無視《むし》することもない。仕事で母が認《みと》められていることを知ればうれしいし誇《ほこ》りにも思う。それでもわたしは、おりにふれて、幼《おさな》いころのおっとりとして手仕事の好きな母を懐《なつ》かしんでしまう。あの日、もしも母が家にいてくれたら、わたしの恐怖心《きょうふしん》ももう少しやわらいだのではなかったのか……。

公園の外から中を望む。少し手の先が冷たくなったような気がしたが、もう動悸《どうき》がひどくなることはなかった。小さかったころとは、遊具も少しかわっている。何よりも、樹木《じゅもく》が整理されて印象《いんしょう》が明るくなった。わたしは小さく息をはくと、身をひるがえして、家にむかって歩きだした。

あと数か月で高等部に進む。ほんとうは今のままではいけない、と自分ではわかっている。怖《おそ》れるわたし。臆病《おくびょう》なわたし。それを乗りこえたい。とりもどしたい。でもやっぱり、わたしはここで立ちすくむ。

5
紗奈《さな》

「桜《さくら》の紅葉《こうよう》も、悪くないよね」

美森《みもり》の言葉に顔を振《ふ》りあげる。いつのまにか秋は深まって、校庭のソメイヨシノの葉も、赤茶色に色をかえていた。

「でも、やっぱり紅葉といったら、モミジかな」

宙《ひろ》の言葉に、くすっと美森が笑う。

「だって、モミジって紅葉そのものだもの」

「母親が広島に出張《しゅっちょう》して、もみじ饅頭《まんじゅう》をもらってきたけど、けっこうおいしかった」

「宙は、意外と和菓子《わがし》好きだよね」

「うちの母親は餡《あん》が苦手で、わたしひとりで食べてたよ」

「宙のお母さんは、おしゃれな洋菓子が似合《にあ》いそう」

美森の言葉に、なぜか宙はむっとしたような顔をむけた。美森は、しまった、というふうに小さく舌《した》を出す。宙の母親が、ときおり、仕事で家を空《あ》けることはきいていたが、具体的にどんな仕事をしているのかは知らない。

ぷらぷらと歩いていると、反対方向から、男子がふたり歩いてくるのが目に入った。爽《そう》平《へい》と、隣《となり》のクラスの木崎章一《きざきしょういち》だった。

目が合ったとき、爽平の表情《ひょうじょう》が一瞬《いっしゅん》かたまったが、すぐにおだやかな笑顔になった。いい人だと思う。こんな私《わたし》に笑顔をむけられるのだから。それでもやはり、男なんて信用できない。だから私は絶対《ぜったい》に笑顔など返さない。

表情をこわばらせた私の腕《うで》を、そっと美森がつかんだ。その手がやさしくて、私はうれしくなる。このところ、ずっといっしょに過《す》ごしている私たちだが、なんでも話しあえる、というほど親しいとはいえない。なぜなら、私には秘密《ひみつ》があるから。でも、美森のことは信用できる。美森は私を裏切《うらぎ》らない。それは直感でしかないが、三年生になって話すようになってすぐに、私はそう確信《かくしん》した。

美森はいつも、自分を平凡《へいぼん》だと、卑下《ひげ》するようにいう。美森にとっては、私も宙も平凡ではないようだ。たしかに私は平凡ではないかもしれない。でもそれは、いいことでもなんでもない。ふつうではないといいかえたら？　そう、私はふつうではない。

駅で宙と別れて、美森と同じ電車に乗る。

「ねえ、美森は、宙のお母さんのこと、知ってるの？」

「ううん。よく知らない」

美森は、そういって瞬《まばた》きする。そういうときは、ほんとうのことを語っていないが、私は美森を追及《ついきゅう》するつもりはない。おそらく、宙が口止めしている。だからかえって美森を信用できる、と思う。

「ねえ紗奈《さな》。紗奈は、どうして、森谷《もりや》くん、だめだったの？」

「だめとかだめじゃないとかじゃなくて、興味《きょうみ》ないから」

「男子を好きになったこととか、ないの？」

「あるわけない。男なんて、興味ない」

「でも、おとなになったらどんな男の人と結婚《けっこん》するかな、とか、考えたことない？　あ、もちろん、パートナーは男の人じゃなくてもいいわけだけど」

「男でも女でも、結婚なんて考えられないな。私は、今のまま、母とふたりで暮《く》らしていけたら、それでいいの」

私は笑顔をむける。美森の表情《ひょうじょう》もゆるむ。なぜなら、私の笑顔は無敵《むてき》だから。

「いいな。そんなふうにお母さんを思えるなんて」

「……美森は、お母さんのこと、好きじゃないの？」

「ママは、親だもの。好きとかきらいとか、そういうんじゃないでしょ。運命共同体っていうか。ママたちが離婚《りこん》したとき、ママと暮《く》らすことにはぜんぜん疑問《ぎもん》がなかったし」

「……離婚だったんだ」

「うん。小学校の五年生だったかな。途中《とちゅう》で名字かわって……。べつにそれでからかわれたりはしなかったけど。ほかにも、親が離婚した子、いたし。まあ、新しい名字に慣《な》れるまでは、ちょっとは苦労があったかな」

それでも、美森の表情《ひょうじょう》にはまったく暗さがない。美森は、母親を平凡《へいぼん》だというが、母子関係は悪くないはずだ。そんなことは、美森を見ていればわかる。

美森のいいところは、紗奈の親はどうだったの？　などと詮索《せんさく》をしないこと。なので私は、家の事情《じじょう》をだれにも話さずにすんでいる。こんな美森なら、もう少し長く――高等部に進み、クラスが分かれても――付き合えるかもしれない。ふと、そんな気になった。

小学生のころも、中学に入ってからも、少ないながら友だちはいた。クラスがかわれば自然にはなれていく期間限定《げんてい》の友。私は目立たないがそつのない優等生《ゆうとうせい》で、温和で適度《てきど》に人には親切に振《ふ》るまっていたので、落ちついていてやさしい人と見なされていた。とはいえ、私が心を許《ゆる》した友などいない。学校生活というのは、やり過《す》ごすだけの時間だと思ってきた。そんな私なのだから、やさしくもない。だから、爽平《そうへい》に対しても心の中で思った。あなたは、まちがった人に好意を抱《いだ》いているのだ、と。

私は、心からの友などいらない。ましてや、恋人《こいびと》など、けっしてほしくはない。

母は料理が得意《とくい》ではない。料理だけでなく、家事全般《ぜんぱん》が苦手なようだ。私は母を反面教師《きょうし》に、中学に進学したころから、よく料理をするようになった。苦手な母からは学べないので、スマホでレシピを検索《けんさく》したりしながら、レパートリーをふやしていった。今では、平日の夕飯の準備《じゅんび》は私の仕事で、母が料理をするのは休日だけだ。

今日の食卓《しょくたく》には、あんかけ焼きそばと、副菜の小松菜のごま和え、お味噌汁《みそしる》が用意されている。母が帰ってきたのは八時で、それでもおそいほうではない。

「わあ、おいしそう！」

母が私に笑いかける。私を幸せにする笑顔だ。そして、じつにおいしそうに食べるので、私はますます幸せになる。

「先に食べていればいいのに」

「だって、ひとりで食べるの、お母さん、さびしいでしょ」

さびしいのは母でなく私だ。だから、八時まではまつことにしている。こうして母とふたりで、他愛もないことを話しながら夕食をとる。それが私のいちばん好きな時間なのだ。

「お母さん、痴漢《ちかん》に遭《あ》ったりする？」

「紗奈ったら、食事中にする話？」

「このあいだ、高等部の先輩《せんぱい》が、電車で犯人捕《はんにんつか》まえたんだって。ちょっとした武勇伝《ぶゆうでん》として広まってる。クラスの子がそれ見てて、興奮《こうふん》気味に騒《さわ》いでた」

「……どこの路線でもあるのよね。うちの生徒も被害《ひがい》に遭ってるし」

「男って、ほんとにしょうがないね」

「紗奈、男の人がみんな、しょうもないわけじゃないでしょ」

「でも、暴力振《ぼうりょくふ》るったりするのはたいてい男だし、言葉の暴力だって男のほうが多いよ。お母さんだって、このあいだ、教頭先生のこと、パワハラだって怒《おこ》ってたじゃない。クズだよね、そういうやつ」

母の勤務先《きんむさき》で、教頭からのパワハラ被害に遭ったのは、母ではなく新任《しんにん》の女性教師《じょせいきょうし》だった。生徒の前で、居丈高《いたけだか》に叱《しか》ったことに、母はとても腹《はら》を立てていた。

「クズな男もいるけど、それは女も同じでしょ。女の人でも、同僚《どうりょう》の足を引っぱるような人だっているのだから」

「けど、腕力《わんりょく》とか権力《けんりょく》にものをいわせるのは男のほうが多いし。差別するやつも男が多いよ。……お母さん、よそ見しながら食べないでよ」

私は怒《おこ》ったようにいう。テーブルにぽろっとご飯がこぼれている。母は不器用な質《たち》で、わが家で食器をわったりものを壊《こわ》したりする確率《かくりつ》は、九対一ぐらいで母が多い。あきれつつも、娘《むすめ》に叱られてしょげる、そんな母も大好きだ。

「ごめんごめん。それより、学校で、差別だなって、思ったりしてるの？」

「そうでもないけど。昔は、生徒会長とかって、ずっと男子って感じだったらしいけど、今の会長、女子だし。差別ってあんまりないかな。勘《かん》ちがい男はいるけどね。女のくせに、でしゃばるなって感じのやつとか」

「むしろ、社会に出てから、感じることがふえるでしょうね。何しろ、日本はジェンダーギャップ指数のランキングで、はずかしいくらいの順位だから」

「医学部の入試で、男に下駄《げた》はかせてたって事件《じけん》、あったよね」

「あれは、明らかな差別だったから問題になったけど、そういうのだけじゃないから」

「そういうのだけじゃないって?」

「うちの生徒でもね、たまに、関西とか、地方の大学に進学を希望する子がいるんだけど、女子は浪人《ろうにん》させないとか、下宿させないって親もいる。そういう親だと、行きたい大学というより、確実《かくじつ》に行けるところを受験することになってしまうでしょ。あと、理数が得意《とくい》でも、理系《りけい》に進むのをやめた子も見てきた」

「なんで?」

「女の子なんだから、文学部にしろっていわれたとか。二十一世紀《せいき》になって、とあきれたけどね」

「何、それ?」

「それでも、学校のうちはマシ。会社では男のほうが先に出世するなんて話は、いくらでもあるからね。民間企業《きぎょう》だけじゃないの。公務員《こうむいん》もだし、それに大学とか、研究機関でも男性優位《だんせいゆうい》だから。政治《せいじ》は、いうまでもないでしょ」

「そうだね。国会議員とか、少ないもんね」

「地方議員もよ。女性議員がゼロって自治体、けっこうある。そんなだから、夫婦別姓《ふうふべっせい》もなかなか実現《じつげん》しない。紗奈が結婚《けっこん》するころには、別姓《べっせい》も選べるといいけど。どうするかはともかく」

「そうだね」

と答えたが、私は結婚したいとは思わない。でも、前にそう告《つ》げたとき、そんなふうに決めつけないで、とたしなめられたので、母の前ではいわないようにしている。母のことが大好きだからといって、なんでも話すわけではない。たとえば、爽平《そうへい》を振《ふ》ったこと、そのことで早川《はやかわ》さんたちに陰口《かげぐち》をたたかれたことなど、絶対《ぜったい》に口にはしない。

「ねえ、お母さん、美森は、小五のときに親が離婚《りこん》して、名字がかわったんだって」

「高岡《たかおか》さん？　それは、ストレス感じたでしょうね」

「だから、私立《しりつ》受けたのかも。今は、のびのびしてる」

「いい友だちのようね」

「うん」

私は母に笑いかけた。お母さん。私、うまくやってる。友だちだっているから。

ふたりで食事の後片付《あとかたづ》けをしているとき、母のスマホが着信を告げた。あわてて手を拭《ふ》いて、母が電話に出る。

「もしもし、……さん？　どうしたの？　うん、だいじょうぶよ。それで？」

話の調子から、教え子からの電話であることがわかった。時計をちらっと見る。もう九時を過《す》ぎているのに非常識《ひじょうしき》だな、と思った。それでも、母は親身になって応対《おうたい》する。電話はなかなか終わらない。

私はテレビをつける。音量をあげる。母が、スマホを少しはなして、

「紗奈、音が大きい」

と顔をしかめる。私が知らんぷりをしていると、母はリビングから出ていって、玄関《げんかん》の近くで通話をつづける。なんで勤務《きんむ》時間以外も、あんなふうに母の時間をうばう生徒があとを絶《た》たないのだろう。

母は人気がある。三年生を受けもったあと、卒業式の日に贈《おく》られる謝辞《しゃじ》、賛辞《さんじ》。――先生に出会えてよかった。先生に救《すく》われた。

いい加減《かげん》にしてほしい。私と母の時間を盗《と》らないで。

私は母の部屋に入る。乱雑《らんざつ》に置かれた書類。あふれる本。整頓《せいとん》が下手な母。しょっちゅう捜《さが》しものをしている母。そんな、だらしない母を、あんたたちは知らない。教え子たち

にそういってやりたくなる。
本棚《ほんだな》の隅《すみ》にひっそりと置かれた写真。ひさしぶりに見た写真には、若《わか》い男女が写ってい
る。まっすぐなロングヘアで顔立ちのととのった女性《じょせい》。端正《たんせい》な顔の男。ふたりは母の学生
時代の友人と、その夫だ。いわゆる美男美女かもしれないが、気取りが感じられてあまり
好きな写真ではない。
それに比《くら》べると、母の写真はいつも自然な笑顔だ。お日さまが笑ったなどというのも陳《ちん》
腐《ぷ》だが、実際《じっさい》、そんな印象《いんしょう》の笑顔なのだ。むろん、現実《げんじつ》の母はいつも笑っているわけでは
ない。しょっちゅう怒《おこ》っている。私に対してではなく、世の中のさまざまな事象《じしょう》に対して。
とくに、困難《こんなん》な状況《じょうきょう》に置かれている子どもが放置されていることには、かなりはげしい
憤《いきどお》りを表す。
リビングにもどっても、母はまだ玄関《げんかん》近くで話している。まったく、いつまで話せば気
がすむのか。いつまで母をしばるのか。母の教え子に、私は憎《にく》しみに似《に》た思いを抱《いだ》く。
母、吉本祥子《よしもとしょうこ》は、私だけの母。私だけのもの。母がいれば、ほかにはだれもいなくて
いい。もしも、母を失ったら、私は生きていけない。
ようやく話し声が消えた。母がもどってきた。私に笑いかける。イライラがすーっと引

いて、笑顔を返す。笑い方がよく似《に》てますね、と人にいわれるその笑顔を獲得《かくとく》するために、ずいぶん努力した。

お母さん、そのこと知ってる？

母は、私を産んだ人ではない。

6 美森《みもり》

カラカラと音を立てて、プラタナスの黄色い葉が、アスファルトの道を転がっていく。木枯《こが》らし1号が吹《ふ》くかも、という天気予報《よほう》があたったみたい。

えいっと、ばかりにその葉を踏《ふ》んづけた宙《ひろ》が、振《ふ》りむいて勝ちほこったみたいな表情《ひょうじょう》を見せる。

「もう、宙ってば、子どもみたい」

紗奈《さな》がおかしそうに笑う。紗奈の笑顔って、すごくいい。ぱっとまわりを明るくするような、すてきな笑顔だなって思う。けど、そんなには見られない。紗奈ときたら、教室ではめったに笑うこともない。だから笑顔がすてきだなんて、ほとんどの子は知らないだろうな。そのとき、はっとなった。もしかして、森谷爽平《もりやそうへい》くんは、紗奈の笑顔をどこかで見たのかも。

ふわりと浮《う》きそうなスカートを押《お》さえる。あたしも紗奈も、スカートの制服《せいふく》を選んでいるけれど、宙はスラックス。選べるといってもスラックスは少数派《しょうすうは》だ。真冬になればもう少しふえるけれど、やっぱりスラックスの女子は目立つので、あたしはは気になれない。宙はスタイルがいいから、スラックスがよく似合《にあ》っている。ちなみに、男子生徒のスカートもOKだけど、今のところ、見たことはない。

「いいなあ、宙は、足が長くて」

あたしの言葉に、紗奈もうなずいた。

「だよね。もっとモテそうなのに」

「あれ？　紗奈、知らないの？　宙は、合唱部の後輩《こうはい》にけっこうモテてるんだよ。女子にだけど」

そうあたしがばらすと、宙本人はいやそうな顔でにらむ。

こんな時間が好き。ずっとこのままでいられればいい。でも、高等部への進学まで、あと半年切ってる。来年、ふたりと同じクラスになる可能性《かのうせい》はどれくらいだろう。べつの学校に行くほどではないだろうけど、また新しいクラスで人間関係をつくっていくのはやっぱり大変だろうな。

「ねえ、宙、幸田《こうだ》先生と、何かあったの？」

紗奈がきいた。そのことは、あたしも気にはなっていた。幸田先生は音楽教師《きょうし》で、一見、体育の先生かな、と思ってしまうぐらいガタイがいい。

「べつに」

って宙はいうけど、幸田《こうだ》先生は、なぜか宙にきびしい。そうあたしが感じるぐらいだから、何かあったんじゃないだろうか。今日も音楽の授業《じゅぎょう》のとき、先生が来たのにざわざわしていると、なぜか女子では宙だけが名指しで注意された。

「あたし、幸田先生ってちょっと苦手かも。部活で、けっこういい成績《せいせき》残してるみたいだけど」

水をむけるようにいうと、宙はわざとらしく肩《かた》をすくめた。

「吹奏楽部《すいそうがくぶ》に見学に行って、入部しなかったから、根にもたれてるのかもね」

冗談《じょうだん》ともとれるような言い方で、本気なのかはあやしい。でも、宙が入学した直後、吹奏楽部に見学に行ったのは事実だ。たまたま出席番号がすぐ後ろだった（って、なんだかあたしと宙の関係みたい）中原大輝《なかはらたいき》くんと見学に行ったものの、合わない気がしたのでやめたと、宙本人からきいたことがあったから。中原くんとは、三年ではじめて同じクラスになった。コンクールのときまで吹部《すいぶ》の部長をやっていたことは知っているけど、ほとんど話したことはなかった。明るくてジョーク好きで、派手《はで》グループの女子とはたまにふざけあっている。楽器はトロンボーンで、文化祭のときのパフォーマンスでは、下級生に大ウケだった。部長をやったぐらいだから、リーダーシップもあるのだろう。幸田《こうだ》先生とも相性《あいしょう》がいいみたいで、音楽の時間も、助手みたいにあつかわれている。

「幸田先生、部活の子にはわりと人気あるよね」

「ええ？　紗奈は、評価《ひょうか》するの？　あたしは、なんかえらそうでやだな。宙にきついし」

「評価はしないよ。担任《たんにん》じゃなくてよかったと思うもの。宙にきついし」

「あたしたち、気が合うね。仲よしだもん、ね！」

あたしは、わざと小学生みたいな言い方をしてみた。案の定、ふたりは吹《ふ》きだした。

紗奈が電車を降《お》りたあと、空席ができたのであたしは座《すわ》った。そのことが、意外な結果をもたらすとは、思いもよらなかった。このあと、いったいいくつの偶然《ぐうぜん》が重なったのだろう。

発端《ほったん》は、つい、うとうとと眠《ねむ》ってしまったこと。気がつけば、降りる駅を過《す》ぎていた。はっとしてあわててホームに降りたのは、急行の止まる駅で、ふと、この駅の町を歩いてみようと思った。ふと思ったことがふたつ目の偶然。この駅から数分のところに大学があって、広島に転勤《てんきん》になる前に、そこでパパが働いていた。キャンパスの桜《さくら》がきれいで、まだ小学生の低学年ぐらいだったころ、パパの仕事仲間に加わってお花見をしたことがある。あの桜の葉も紅葉《こうよう》しているだろう。それに、大きな銀杏《いちょう》もあったっけ。

でも、結局あたしは大学のキャンパスに行くことはなかった。何気なく空を見上げたとき、飛行機雲が見えたから。それも偶然《ぐうぜん》。もしも、飛行機雲がなければ、よそ見をして歩くこともなかったのだ。

いきなり、肩《かた》に衝撃《しょうげき》があって、気がついたとき、あたしは後ろによろけて尻餅《しりもち》をついていた。目の前には、男の人がいてあたしをにらみつけながらどなった。

「何よそ見してんだ。このガキ！」

すぐに立てなかった。

「人にぶつかっておいて、わびもいえないのか、くそガキが」

男の人は、あたしのバッグを蹴《け》っとばすと、舌打《したう》ちをして去っていった。一瞬《いっしゅん》、足を止めた通りすがりの人びとが、何ごともなかったように歩きだす。ぶつかったこと、どなられたこと、歩いていた人からスルーされたことにぼうぜんとして、しばらく立ちあがることができなかった。

ただひとり、近づいてバッグを拾ってくれた女の人がいた。

「あなた、だいじょうぶ？」

その人は、あたしが立ちあがるのを助けて、スカートをはらってくれた。ママよりは少し若《わか》い女性《じょせい》で、きりっとしていかにもキャリアウーマンという感じの人だった。

「すみません、だいじょうぶです」

「ぶつかったのは、あなただけのせいじゃないのに。最低ね、ああいう男」

カバンからはみでた定期券《ていきけん》を見た女の人が、かすかに首をかしげる。

「……もしかして、あなた、一山《いちやま》先生のお嬢《じょう》さんじゃない？」

それは、父親の名前だった。たまたま、助けてくれた人はパパの知り合い？ そんな偶《ぐう》然《ぜん》って、あるの？

「…………」

「そうでしょう。この名前……。それに、目もとが先生とよく似《に》ているもの」

「あの、あなたは……」

「覚えていないかしら。一、二度会っているはずよ。あなたがまだ小学生のころ。私《わたし》は、品田真須未《しなだますみ》というのだけれど」

その名前には、たしかな記憶《きおく》があった。ママの言葉がよみがえる。――パパはね、品田《しなだ》真須未《ますみ》さんという人のことを好きになったの。

あたしを助けてくれた人は、ただのパパの知り合いじゃなくて、ママからパパをうばった人。あたしは、自分の顔がこわばるのを感じた。そんな偶然《ぐうぜん》、ありえない。

「これも何かの縁《えん》かもしれないから、お茶でも飲まない？　私がごちそうするから」

そのまま、あたしは品田さんについて、駅前のカフェに行った。たぶん、どなられたショックと、助けてくれたのがパパの知り合いだったことで、頭が混乱《こんらん》していて、ちゃんと判断《はんだん》できなかったのかも。パパの知り合いとはいっても、ほとんど見ず知らずといっていい相手についていくべきじゃない、という思いが頭をかすめたのは、店に入ってからだった。それでも、こうしてむきあった品田さんに、少しも不快感《ふかいかん》は抱《いだ》かなかった。

注文したカフェオレが来て、おしぼりで手をぬぐったときに、チクリと痛《いた》みを感じた。

「だいじょうぶ？　傷《きず》ができたんじゃない？」

きかれて手のひらを見ると、手首に近いところにすり傷があった。流れるというほどではないけれど、かすかに血がにじんでいた。品田さんは、すぐにバッグから絆創膏《ばんそうこう》をとりだして、テーブルに置いた。

「ありがとうございます」

素直《すなお》に受けとって貼《は》る。やっぱりいやな感情《かんじょう》はおこらない。親切そうに貼ってくれたりしないところが、かえっていいな、とさえ思った。

「ときどき、思いだしていたのよ」

「わたしを、ですか」

「というより、あなたのお母さまのこと」

「母のことを、よく知ってるんですか？」

「お宅《たく》にお邪魔《じゃま》したときに、少し話しただけ」

「あの……父とは、どうなんですか？」

「一山《いちやま》先生？　もうずいぶんお目にかかってないけれど。二年前に、学会でごいっしょしたのが最後かな。あ、私、そこの大学に勤《つと》めているの。今年から准教授《じゅんきょうじゅ》」

品田《しなだ》さんは、大学のある方向を指さしていった。

「じゃあ、父とは、別れたということですか？　父は、母を捨《す》てて、あなたを選んだんですよね」

「え？」

品田《しなだ》さんの眉《まゆ》がきゅっとよったので、あたしはあわてていった。

「あ、べつに、恨《うら》み言《ごと》とかじゃないです。母は……平凡《へいぼん》な人だし。品田さんみたいな能《のう》力《りょく》もないから」

「それは……あなたの勘《かん》ちがいよ」

「勘ちがいって？」

「たしかに、一山《いちやま》先生と、親しくお付き合いしたことはあるけれど、それは、先生が離婚《りこん》したあとのことだから」

「……そうなんですか？　でも、母は……父にはほかに好きな人ができたからって……」

品田さんは、それには答えずに、べつのことをあたしにきいた。

「お父さまのこと、どう思っていた？」

「どうって……あまり家にいなかったし、仕事が第一って感じで」

「そうね。研究者としては、立派《りっぱ》な方だと私も思う」

研究者としてはって？　じゃあ、ほかの面では立派でないと、この人は思っているってこと？　そんなことを考えてだまっていると、また品田さんが口を開いた。

「あなたのお家にお邪魔《じゃま》したころは、先生に対して尊敬《そんけい》の気持ちしかなかったの。でも、お母さまがおっしゃった。ご苦労、ありませんか、って」

「苦労？」

「私が、勉強になります、とお答えしたらね、ふっと笑って。あの人はソフトなミソジニストだから。負けないでくださいね、とおっしゃったの。ミソジニーって、わかる？」

あたしは首を横に振《ふ》った。はじめてきいた言葉だった。

「日本語では、女性嫌悪《じょせいけんお》、とか女性蔑視《べっし》。女ぎらい」

「でも……」

女の人がきらいなら、なんで、母と別れたあとで、この人と付き合ったのだろう。

「ご自分でも気がついてないのかもしれない。先生は、女性受けも悪くなかったし、人当たりがいいし、暴力的《ぼうりょくてき》なところはまったくない。学生に対しても声を荒《あら》らげるようなこともない。だから私も、そのときはききながしたのだけれど、少しお付き合いするようになって、お母さまのおっしゃったことがわかった気がした。ミソジニーというよりは、マンスプレイニングといったほうがぴったりくるかな」

また、わからない言葉が出てきた。品田《しなだ》さんは、かすかに口もとをゆるめて教えてくれた。

「主には、男の人が、自分より弱い立場の人に……たとえば女性とか子どもとか部下とかに対して、相手がものを知らないと決めつけて、いろいろ解説《かいせつ》したり、知識《ちしき》をひけらかしたりすることをいう言葉。一山《いちやま》先生は、高みから教えさとすのがお好きなようだったから」

あたしは頭が混乱《こんらん》してきた。じゃあ、両親の離婚《りこん》は、ママがいっていた理由ではなかったってこと？

「あの……母は、品田《しなだ》さんに、濡《ぬ》れ衣《ぎぬ》を着せたのですか？」

濡れ衣、という言葉に、品田さんはわずかに口もとをゆるめた。

「たぶん、私の先生への思いに、気がついていたんでしょう。あのころは、私は先生に心《しん》酔《すい》していた。男の人としても、惹《ひ》かれていたのはたしかだった。お母さまは、頭のいい人だから、たぶんいろいろ思うことがあったんじゃないかな。先生はあまりわかっていなかったみたいだけど。自分があなたのお母さまを導《みちび》いているのだ、と口にしたことがある。それなのに、別れたいといわれて、何を考えているんだと、憤慨《ふんがい》されていた」

「…………」

「ごめんなさいね、あなたのお父さまに、手きびしいことをいってしまって。こんな話、するつもりはなかったの。ただ、あなたが、お母さまのことを少し誤解《ごかい》しているんじゃないかと思ってしまったので」

「……いえ」

「さっきぶつかった男みたいなクズでなくても、女性《じょせい》を下に見る男はまだまだ多いの。自分より力がないとか立場が弱いと思う相手、社会的な弱者に対して、居丈高《いたけだか》になる。そもそも、この社会はぜんぜん平等じゃない」

「それって、男女差別ってことですか？」

「そうね、実力主義《しゅぎ》に思われがちな学問の世界でも男女差別はあって、私のような仕事をする者でも、ときに、荒涼《こうりょう》とした砂漠《さばく》を、砂嵐《すなあらし》に抗《こう》して歩いているような気分になることもある。でも、あなたが、もしも将来《しょうらい》、そんなふうに感じることがあっても、前にむかって歩きつづけてほしい」

「…………」

「へんなことをいいだすおばさんだと、笑ってくれてもいいけれど、まあ、これも、今日ばったり出会った縁《えん》だと思って」

品田《しなだ》さんは、三日月みたいに目を細めて笑った。

たぶん、いろんな意味で、品田さんと話したことは悪くなかったんだろうな。少なくとも、ぶつかった男にどなられたときの、不愉快《ふゆかい》な気分は忘《わす》れられた。不愉快なだけじゃなくて、くやしかったことにも気がついた。それは、品田《しなだ》さんが、ぶつかった男のことをクズだといってくれたせいかも。

それより何より、ママのことを、頭のいい人だと品田さんがいったことに驚《おどろ》いた。けれど、ママには品田さんと会ったことを話さなかった。

いつものように、スーパーの安売りで買ったおかずを食卓《しょくたく》に出す、飾《かざ》り気《け》のないママは、品田さんや宙のお母さんのように、いかにもできる女、という雰囲気《ふんいき》はまるでない。でも、ママの心の中にも、荒《あ》れはてた砂漠《さばく》を、砂嵐《すなあらし》に逆《さか》らって進むみたいな記憶《きおく》があるのだろうか。

あたしは、ママのことなんて、何もわかってないのかもしれない。

いろんな偶然《ぐうぜん》が重なっておこった今日の出来事で、あたしの心はめちゃくちゃざわざわしている。これ、宙や紗奈に話したら、わかってもらえるかな。でも、まだ頭の整理がつかなくて、うまく話せる自信がない。

ただ、偶然は偶然だけど、偶然ではなくて、なんらかの道筋《みちすじ》をたどるように導《みちび》かれていたのかも。少なくとも、あたしの心にはたしかな化学反応《はんのう》がおこってしまって、それは、三年前に体験した初潮《しょちょう》のように、いつか訪《おとず》れることだったたような気がする。だとすれば、結果として、必然だったのかもしれない。

7
宙《ひろ》

室内を、かなりの音量で「モルダウ」が流れていく。スメタナの連作交響詩《こうきょうし》「我《わ》が祖《そ》国《こく》」より。音楽の授業中《じゅぎょうちゅう》、幸田《こうだ》先生は教壇《きょうだん》の椅子《いす》に座《すわ》ってあまり動かない。

音楽の授業で、クラシックを鑑賞《かんしょう》する時間は、わたしにとって絶好《ぜっこう》の読書時間だ。家で本を読むときも、こんなに大音量ではないけれど、しずかに音楽を流す。

わたしが読んでいたのは、母親の棚《たな》からもちだした、母世代に人気がある作家のエッセイで、本の扉《とびら》には個性的《こせいてき》な文字のサインがある。たまたまもっていたその文庫本の作者と、何かのパーティーで会って、サインしてもらったそうだ。

日常《にちじょう》をつづったエッセイはユーモアがあって、くすりと笑いたくなる。授業中なので、さすがに笑うことはできないけれど、もしかしたら、わたしの口もとはゆるんでいたのかもしれない。

いつのまにか音楽が止んで、幸田先生が曲の解説《かいせつ》をしている。しゃべりながら机《つくえ》のあいだを縫《ぬ》って歩いてきた先生は、わたしの斜《なな》め前《まえ》で止まった。

「富田《とみた》、それはなんだ」

はっとして顔をあげる。幸田《こうだ》先生のけわしい顔を見たとたん、ぞわっと寒気がした。先生は、バンッと手のひらで机《つくえ》をたたいた。それから、音楽の教科書の下に置いていた文庫本を手でつかむ。あわてて本を押《お》さえようとしたが、先生が本を引っぱったので、シャッと音を立てて中の一枚《まい》がやぶけた。一瞬《いっしゅん》、先生もたじろいだが、その本をたたきつけるように机に置くと、

「今は、読書の時間か？　ええ？」

とどなった。わたしは、先生を見ることができなかった。ただ、何もいわずにじっとうつむいていた。

そのとき、斜《なな》め後《うし》ろの爽平《そうへい》がぼそっとつぶやいた。

「……やぶいちゃった」

先生は、ちらっと爽平のほうを見て舌打《したう》ちすると、

「おまえが無理に押さえるから」

といって、教壇《きょうだん》にもどった。ほどなくチャイムが鳴って、授業《じゅぎょう》はそのまま終わった。

わたしは、美森《みもり》と紗奈《さな》に片方《かたほう》ずつ腕《うで》をとられ、三人並《なら》んで教室にむかった。

「このページ、ほとんどやぶれてるよね。乱暴《らんぼう》すぎる」

「内職《ないしょく》してる子なんて、ほかにもいたのに」

「なんか、幸田《こうだ》先生って、パワハラ体質《たいしつ》だよね」

「そうそう。昭和の根性《こんじょう》論《ろん》振《ふ》りまわしそうなタイプ」

ふたりが口ぐちに罵《ののし》っているのは、ありがたくはあったけれど、それで溜飲《りゅういん》が下がるというものではない。

「宙《ひろ》、いいかえすかと思った」

美森の言葉に、わたしは力なく笑う。そんなふうに振るまえたら、どれだけよかったろう。だから話題をそらす。

「母親の本で、サイン本なんだよね、あれ」

「うっそー、ひどいなぁ」

「しゃーないよ。本、押《お》さえたの、わたしだし」

本音をいえば、幸田先生のわたしへの態度《たいど》は理《り》不尽《ふじん》だと思う。ただ、思いあたる節《ふし》もある。

入学直後、席が出席番号順で、たまたま後ろだったのが、中原大輝《なかはらたいき》という生徒だった。

中原《なかはら》くんが、吹奏楽部《すいそうがくぶ》に入るつもりだというので、わたしも入りたいと思っていると告《つ》げ、誘《さそ》われていっしょに見学に行った。でも、結局、わたしは入部しなかった。なぜやめたのかと問われて、先生が苦手だからと伝えた。中原くんは吹奏楽部に入り、二年の秋には部長になった。中原くんを通して、入部しなかった理由が先生に伝わった可能性《かのうせい》もある。

また、思う。わたしが吹奏楽部の見学に行ったのは、先生が顧問《こもん》だと知る前のことで、ためしにクラリネットを吹《ふ》かせてもらったときに、筋《すじ》がいいといわれた。その先輩《せんぱい》に入部するつもりだと告げて、入部希望者として名前も伝えた。それなのに合唱部に入った。さらにいえば、音楽はかなり得意《とくい》で、音感もよくリコーダーもうまかった。

幸田《こうだ》先生が憎《にく》いわけではない。ただ、関わりたくない。できるならば視界《しかい》に入れたくない。半径三メートル以内に入ってきてほしくない。

でも、今日のことは自分のせいだ。まさか本を読んでいたのがばれるとは。その不注意がくやまれた。

翌日《よくじつ》の朝、登校途中《とちゅう》に、名を呼《よ》ばれて振《ふ》りかえると、中原くんが近づいてきた。三年進級時にふたたび同じクラスになった中原くんだけれど、ほとんど話したことはなかった。

「昨日《きのう》は災難《さいなん》だったな」

一瞬《いっしゅん》、気にかけてくれたのかな、と思って相手を見る。入学したころは小柄《こがら》で、まだ声がわりもしていなかったのに、今は女子としては長身のわたしを見下ろすほど背《せ》が伸《の》び、声も低くいくらかしゃがれていた。

「幸田《こうだ》は単純《たんじゅん》なんだから、怒《おこ》らせるなよ」

中原《なかはら》くんの喉仏《のどぼとけ》がみょうに気になって、わたしは思わず距離《きょり》をとる。

「そんなつもりはない。油断《ゆだん》しただけだから」

視線《しせん》をそらして早口で答える。

「おれさあ、今でもおまえが吹部《すいぶ》に入らなかったの、残念だと思ってるんだよなあ。音感いいし」

「中原くんは、高校でもつづけるの？」

そうきいたのは、無難《ぶなん》な話題だったからだ。

「どうかな。高等部の部長、苦手な女だし。中学でやりきった感あるから」

「そうなんだ」

「っていうか、富田《とみた》って、最初と印象《いんしょう》ずいぶんかわったよな。もっと目立つやつかと思ったのに」

そっちだってかわった。二年前はかわいげがあったのに、今みたいにおっさんっぽくなると思わなかった、といったらどんな言葉が返ってくるだろう。もちろん、口にはしないけれど。

「だいたい、おまえいつも、高岡《たかおか》とか吉本《よしもと》とかみたいな地味なやつらといっしょだけど、楽しいの？」

「楽しいよ」

「吉本なんかさ、頭いいかもしんないけど、痩《や》せぎすだし女子力低すぎじゃね？　爽平《そうへい》、なんであんな女、いいと思ったんだろ。おまえ、自分の引き立て役に友だち選んでる？」

あんたこそ、そんなクズだった？　だいたいおまえ呼《よ》ばわりされる筋合《すじあ》い、ないんだけど。内心の言葉は声にならなかった。いやなやつだと思っても、いつのまにか背《せ》も追いこされた相手を怖《お》じる気持ちが否定《ひてい》できなくて、それが情《なさ》けなかった。

やぶれた本は、そのページをメンディングテープで貼《は》って、母の棚《たな》にこっそりもどしておいた。ところが、数日たった土曜の朝のこと。リビングに行くと、その本がダイニングテーブルの上に置いてあった。なんでこんなところに？

母は、サラダをテーブルに出しながら、ついでのようにいった。

「ねえ、宙。この本、読んだの?」

たぶん、やぶれたのがばれている。うなずくしかなかった。

「ごめん。不注意で、やぶいちゃった」

「不注意で? やぶかれたんじゃないの?」

「え?」

「高岡《たかおか》さんのお母さまに、ちょっとうかがったんだけど」

母の口からとびだした意外な名前に、わたしは眉《まゆ》をよせた。

「美森の? どこで?」

「本屋さんで声をかけられたのよ。美森さんがえらく憤慨《ふんがい》して、お母さまに話したそうよ。この本がどうしてやぶれたのか」

「ごめん」

「宙に謝《あやま》ってほしいわけじゃないの。その先生、問題があるんじゃない? もちろん、授《じゅ》業中《ぎょうちゅう》に本を読んでいたあなたも悪いけど、大きな音を立てて机《つくえ》をたたいたり、威圧的《いあってき》というか、美森さんは、パワハラ教師《きょうし》だって、怒《おこ》っていたそうよ。しかも、とくに宙に対してきびしいってきいた。なんかあったの？」

「べつに何もないよ。それより、美森のお母さんのこと、覚えてたんだ」

「あちらから声をかけてくださったのよ。それで、親子面談でお話ししたことも思いだしたし、美森さんが家に来たとき、焼き海苔《のり》をもたせてくれたでしょ。いい海苔だけど高級品というわけじゃない。日もちするし、気取りのないチョイスだと思った。今日だって、よけいなことをいうという感じはなくて、ためらいがちにお話ししてくれた。節度のあるいい方よ。それより、音楽の先生だけど、生徒にむかって、おまえ、っていうんですって？　一度、担任《たんにん》の先生に相談してみようかしら」

「やめてよ、そういうの。お母さん、わたしの学校になんて興味《きょうみ》ないくせに」

「興味ないわけないでしょ。娘《むすめ》の通っている学校なんだから。それに、こういうことはあなたひとりのことじゃないはずだもの。担任の先生、少したよりない感じがしたし、校長先生に話したほうがいいかな」

「勘弁《かんべん》して。そういうの、モンスターペアレントのやることだよ！」

わたしの言葉に母がキレた。

「なに、それ！　学校のことでいろいろ疑問《ぎもん》はあっても、私《わたし》は抑制的《よくせいてき》に振《ふ》るまってるつもりだけど」

「抑制的《よくせいてき》って、興味《きょうみ》もってないだけでしょ。べつにそれでいいんだから、こっちのことにも干渉《かんしょう》しないでよ。いそがしいんでしょ。いつもそういってるじゃん」

「私がだれのために……」

母は、さすがにそのあとの言葉を飲みこんだ。でも、そのときのわたしはちょっと意地悪くなっていた。

「わたしのために、がんばって働いてくれてるんだよね。そんなつもりなかったのにね。もともと専業主婦《せんぎょうしゅふ》だったんだから。今でこそ、なんかえらそうに、辛口《からくち》なこといってるけどさ」

母は、バンッとテーブルをたたいた。

「私は仕事が好きだし、働いてることに誇《ほこ》りをもってる。たしかに、あなたが小さいころは、専業主婦という立場に疑問《ぎもん》もなかったかもしれない。でも、働きはじめて、社会に出て気づいたこともたくさんあるの！」

「だったら、専業主婦が優遇《ゆうぐう》されてるとかって批判《ひはん》するのもへんだよね。働いてみないとわからないのなら、わからなくても当たり前じゃない」

ふいに、母の怒《いか》りがすーっと引いた。感情《かんじょう》と理屈《りくつ》を秤《はかり》にかけているのが伝わってきた。母はしずかにいった。

「気づいたことがあれば、言葉にして伝えるのも、私の仕事なんだから」

わたしも潮時《しおどき》と見定めて、

「ご飯、あとで食べるから」

というと、朝食に手をつけずに部屋に引っこんだ。

母は知らない。幸田《こうだ》先生のような大柄《おおがら》の男の人には、それがどんなにいい人であっても、近づきたくはない、とわたしが思っていることを。

ほどなく、ドアが閉《し》まるかすかな音がした。母が出かけたようだった。わたしに声をかけることもなく。

母は、ときどき、今日みたいに戦闘《せんとう》モードに入ってしまう。そんな母がいやだった。父が生きていたころの母はちがっていた。もっとおっとりしていて、ママ友も多かった。わたしの服や小ものを手作りするような人だった。

両親の写真を見ると、母はいつも、父の腕《うで》をとって甘《あま》えるようによりかかっている。そういう母がいいとは思わないけれど、とあれこれ考えると、複雑《ふくざつ》な気分になる。父が亡《な》くなって、社会に乗りだした母が、必死に努力して今の地位を築《きず》いたことはわかっている。スーツという鎧《よろい》を着て、世間という荒波《あらなみ》に立ちむかっている。それは、わたしのためでもある。もちろん、仕事に誇《ほこ》りをもつ母は、自分のために働き、社会のための活動をする。母を誇りたい気持ちがないわけではない。けれど、幼《おさな》いころに見ていた、どこかのんびりとして力のぬけていた母をなつかしんでいる自分も、たしかにいる。そしてそのたびに、あのとき、家にいてほしかった、と願ったことがよみがえってくるのだ。


昼過《ひるす》ぎにリビングに行くと、乱暴《らんぼう》な字で書かれたメモが置いてあった。

——今日は帰りが少しおそくなるから、夕飯は自分で適当《てきとう》にすませなさい。

幸田《こうだ》先生にやぶかれた本は、すでにテーブルから消えていた。

こんなことには慣《な》れている。夜だって、ひとりで平気だ。それなのに、部屋の中がみょうに寒々《さむざむ》しい。

冷凍《れいとう》した作り置きのグラタンを温めて、おそい昼食をとったあとで、わたしは、美森にLINEでメッセージを送った。

——今から会える？

美森のせいだ。美森がよけいなことを母親に話すから。文句《もんく》のひとつもいってやろうと思った。

わたしのイライラを知らない美森は、すぐにＯＫというスタンプを返してきた。どこで会うかときかれたので、美森の家に行きたいと伝える。少し、間《ま》があったけれど、了解《りょうかい》と返事が来た。美森は、家の最寄《もよ》り駅《えき》に迎《むか》えに来てくれることになった。

美森の家は、学校をはさんで反対側になるので、一時間ぐらいかかる。駅に着くと、改札の外で美森が手を振《ふ》っていた。

「急にどしたの？」

屈託《くったく》のない笑顔できかれて、ため息まじりで応《おう》じる。

「ちょっとね」

「私服《しふく》だと、宙、よけいスタイルがよく見える」

「そんなこと、ないよ」

美森は、紗奈とちがってよく笑う。でも、今の笑顔は、ほんの少しかたい。たぶん、わたしのイライラをすぐに感じとったのだ。

「駅のまわり、たいした店もないでしょ。宙の家があるあたりとちがって、田舎《いなか》だよね」

「田舎ってことはないでしょ」

わたしは少しあきれたように笑う。まあ、たしかに、空がいくぶん広くは感じる。商店街もわずかだし、そこからつづく住宅街《じゅうたくがい》は、木造建築《もくぞうけんちく》が多い。

「このあいだ、うっかり電車で寝《ね》ちゃってさ、先まで行っちゃった。一駅《ひとえき》進むごとに田舎度がますんだよね、この路線」

「電車で寝るなんて、よくできるよ」

「座《すわ》ったのが失敗だったかなあ」

のんきそうな美森の言葉をきいているうちに、なぜかイライラが収《おさ》まっていった。わたし、何をしにここに来たのだろうか。少し後悔《こうかい》した。

同級生の家に行くなんて、ひさしぶりのことだった。反対に、わたしの家に来たのは、中学生になってからは美森だけだ。あのとき、美森はなんでもほめた。部屋もインテリアも母も。

「うちは、宙のとことちがって、せまいし、古いし、おしゃれじゃないから」

言《い》い訳《わけ》するようにいって、美森が立ちどまる。数軒先《すうけんさき》には、五階建ての、たしかにあまりモダンとはいえないマンションが見えた。

エレベーターで三階まで上がり、外廊下《そとろうか》を少し歩いてから立ちどまった美森は、鍵《かぎ》を解《と》いてドアを開く。

「どうぞ。せまくるしいところだけれど」

なんていうので、こっちもすました声を出した。

「お邪魔《じゃま》します」

廊下の突《つ》き当《あ》たりがリビングで、わたしの家よりは少しせまい。天井が低いのは、かなり前の建築《けんちく》だからだろう。キッチンカウンターに横づけされたダイニングテーブルはありふれた無垢材《むくざい》で、窓《まど》よりに置かれたソファには布製《ぬのせい》のカバーがかけられていた。

家の中は人気がなく、美森のお母さんは出かけているようだった。

わたしはデイパックから、クッキーの箱を出してテーブルに置いた。

「家にあったの、くすねてきた。いっしょに食べよう」

「これ、有名なお店のだよね。高いんじゃない？」

「知らないよ。母親がもらってきたんだと思うけど」

「お茶いれるね。紅茶《こうちゃ》でいい?」

「あ、うん」

ソファには座《すわ》らず、ダイニングテーブルで、美森とむきあう。

「おいしい! サクッとしてるけど口の中でほどける。ほのかにバターの香りがするけど、しつこくない」

「美森は、なんでもおいしそうに食べるね」

「だって、ほんとにおいしいもの。宙みたいに舌《した》が肥《こ》えてないんだよ」

「そんなことないよ」

「それよか、急にどうしたの? 何か、こまりごと?」

美森が真顔になる。こまりごと、という言い方がなんだかおかしい。そんな言葉を使う子って、同級生でははじめてだった。

「ちょっとね、親とけんかして」

「ええ? なんで? あんなすてきなお母さんとけんかなんて」

「ねえ、美森。一度ちゃんときこうと思ってたんだけど、母の何がそんなにすてきだと思えるの?」

「何がって……。うちのママみたく平凡《へいぼん》じゃないって思ったから。けど……」

言葉を切っていいよどむ美森に、

「何かあったの？」

と、きいた。

「……もしかしたら、あたし、ママのこと、ちゃんとわかってないのかも」

「そんなの、当たり前だよ。わたしだってそうだもの。だけど、うちの母親は、少なくとも、美森が思っているみたいに、できた人じゃないから」

「そんなことないよ。宙は、見た目ですてきとかっていってると思ってる？　ちがうよ。あたし、いつもエッセイ読んでるんだから」

「あんなのは建前っていうか、外面《そとづら》だから。身勝手だし、けっこう気分屋なの。今日だって、どこに行くともいわないで、出かけちゃうし。おそくなるから夕飯は勝手に食べろ、だよ。男のとこに行ったんだと思うけど」

今の母の恋人《こいびと》は、わたしが知るかぎり、父が亡《な》くなってから三人目だった。美森は母のことを、自立したしっかり者と思っているかもしれないが、ほんとうは見栄《みえ》っぱりで、仕事では弱みを見せないけれど、甘《あま》えてたよれる男の人をどこかで求めている気がする。その相手、関口浩輔《せきぐちこうすけ》さんが、家に来たことはこれまで二度だけだ。一度目は、酔《よ》った母を送ってきた。母が連載《れんさい》している雑誌《ざっし》の出版《しゅっぱん》をしている会社に勤《つと》めていると、そのときにきいた。

感じのいい人だしマッチョではなかったが、わたしは関口さんに打ちとけることはできなかった。相手も、わたしに何を話していいのかわからない、というふうでどことなくよそよそしかった。

「……恋人《こいびと》、いるんだ。そうだよね、すてきだもん」

「美森、わたしのいったこと、きいてる？」

「お母さんの恋人、きらいなの？」

「好きとかきらいとかっていうより、あんまり関わりたくはないんだよね。悪い人じゃないけど、五歳《さい》も年下で、なんだかたよりない感じだし。美森が気に入った、プリザーブドフラワーあったよね。あれ、くれた人。母親は、結婚《けっこん》するつもりはないっていってるけどね。あなたが成人するまでは、って。そういうの、恩着《おんき》せがましいと思わない？」

「結婚してもいいの？」

「やだ」

即答《そくとう》すると、美森はぷっと吹《ふ》きだした。でも、美森が想像《そうぞう》するような理由ではない。男が家にいるなんて、我慢《がまん》ならない。

「もしかして、お父さんが大切だったりするの?」

「そんなことないっていうか、わたしが五歳《さい》のときに死んじゃったから。いそがしい人だったみたいで、あまり思い出もないんだけどね」

それでも、父の不在《ふざい》が、自分の中に欠落感を残したという気もしていて、小学三年生のときの不快《ふかい》な体験も、もしも父がいたら――男性《だんせい》という怖《おそ》れの対象《たいしょう》である性ではあっても――、わたしの心をさいなむ不快や嫌悪《けんお》や怖れは、少しは減《へ》らせたかもしれない、とも思う。父と母のあいだには、まちがいなく温かな思いが通っていて、わたし自身がその温かいものに包まれていたという、たしかな感覚があったから。三歳の七五三の家族写真や、父がわたしを肩車《かたぐるま》している写真は、今も、わたしの気持ちをほっこりさせる。

あるいは、母もまた、欠落感に、いや、もっと強い、喪失感《そうしつかん》にさいなまれていたのかもしれない。

「そっか。五歳じゃねえ……」

「美森のお父さんは?」

「パパは、あんまり家にいなくて……。勉強はたまに教えてくれた。なんでママと別れたのかは、よくわからない。このあいだまでね、パパがほかの女の人を好きになったからだって、思ってたの。でも、そうじゃないのかもしれない。もしかしたらだけど、ママが反旗を翻《ひるがえ》したのかも」

わたしは、美森の言い方がおかしくてちょっと笑ってしまった。

「ねえ、美森。ぜんぜん平凡《へいぼん》じゃないよ、美森のお母さん。それに美森も」

そのとき、扉《とびら》の開く音がしたかと思うと、引きずるような足音とともに現《あらわ》れたのは、美森のお母さんだった。

「あら、お友だち？」

どうやら、在宅《ざいたく》だったみたいだ。わたしは、あわてて立ちあがり頭を下げる。

「あ、お邪魔《じゃま》してます」

「もう、ママったら、そんなだらしない格好《かっこう》で」

髪《かみ》をひっつめにした美森のお母さんは、ブラックのスウェット姿《すがた》だった。

「いいでしょ、休日なんだもの」

そういいながら、わたしに目を転じたお母さんは、かすかに首をかしげて、

「富田《とみた》さん?」

ときいた。

「はい。富田宙です」

「このあいだ、ばったり、お母さまにお目にかかったの」

まさかそのことを切りだされるとは。わたしはつい、唇《くちびる》をきゅっとかんで身がまえた。

「え? いつ? そんな話、きいてないよ」

と美森が口をはさむ。

「いちいちあなたに話す必要はないでしょ」

「一度しか会ってないのに、母のことが、よくわかりましたね」

自分でいいながら、あまり感じのいい言葉ではないな、と思った。でも、美森のお母さんは、かすかに微笑《ほほえ》んで答えた。

「若《わか》いときに、営業《えいぎょう》の仕事をしていて、人の顔を覚えるのは、わりと得意《とくい》なのよ」

「うそ、はじめてきいた」

目を丸くした美森のことは意に介《かい》さず、わたしを見てまた口を開いた。

「美森が、あんまり音楽の先生に怒《おこ》ってたから、少し、うかがってしまったけれど、ぜんぜんご存《ぞん》じなかったようで、よけいなことをいってしまったんじゃないかって気になっていたの」

ためらいがちだけど、温かみのある言い方で、この人への好感度が一気にました。

「じつは、母とけんかになりました。そのことで。学校に文句《もんく》をいいに行くというので。そんなモンペアみたいなこと、やめてって、いったらキレちゃって」

「あら……」

「幸田《こうだ》先生は苦手ですけど、人気もあるんです。部活でも熱心に指導《しどう》してるし」

「ママ、あの先生はね、価値観《かちかん》が古いんだよ。吹部《すいぶ》、部活時間長いし、根性論《こんじょうろん》とか好きそうだもん」

「とすれば、ちょっと問題があるかもしれないわね。先生も、時代の変化とともに、常識《じょうしき》をアップデートしていかないと」

「でも、幸田先生が悪いわけじゃなくて……じつは、男の人のことで、前にいやな出来事があって、幸田先生見ると、そのことを思いだしちゃうんです。だから、申《もう》し訳《わけ》ないって気持ちもちょっとあって……」

「もしかして、宙さんのお母さまは、そのこと知らないの？」

「……はい。話してません」

「そっか。やっぱりよけいなことを伝えてしまったみたいね。ごめんなさい」

美森のお母さんは、切なそうに眉尻《まゆじり》を下げた。

「いえ、だいじょうぶです」

いくぶん笑顔になったお母さんは、ごゆっくり、といってリビングから出ていく。その背中《せなか》に、美森が声をかけた。

「ねえ、ママ、宙のお母さん、今日帰りおそいんだって。夕飯、いっしょに食べてもらっていいよね」

「宙さんが、それでいいならかまわないわよ」

美森がにかっと笑う。

「でも、うちのご飯、すごいテキトーだけど」

ねえ、美森、美森のお母さん、マジ、いい人だよ。あんたの好きな、うちの母もほめてたんだよ。

でも、それは口にしなかった。おもねるようでいやだったから。

美森の家で出された夕飯は、キムチ鍋《なべ》だった。スープは出来合いのものを使った、文字通りの簡単鍋《かんたんなべ》。でも、三人で食べたご飯はとてもおいしかった。


駅までふたりに送ってもらった。

「駅からは遠いの？　道、暗くない？」

心配そうに美森のお母さんにきかれたけれど、だいじょうぶです、というしかない。あの公園を通るわけではないのだから、と自分にいいきかせる。

最寄《もよ》り駅《えき》に着いたとき、ホームの時計は八時半を回っていた。駅の周辺こそ明るいが、家の近くはさほど人通りも多くない。でも、ひとりで帰るしかないと思い、きゅっと唇《くちびる》をかんで改札にむかった。

「宙！」

ふいに名を呼《よ》ばれて立ちどまり、振《ふ》りかえる。母が立っていた。

「どしたの、こんな時間に」

たまたま、同じ電車に乗っていたのだろうか。

「……美森の家に行ってた」

母は、とがめるようなことをいわずに、わたしより先に改札を出た。それから、わたしが出てくるのをまってから、ぽつりといった。

「昼間の話だけど、私は、あなたがいやがることはしない。学校に行っているのはあなたなんだから」

ひさしぶりに、母と並《なら》んで夜の道を帰った。ぽつりぽつりと話したのは、どうでもいいようなこと。風が冷たいとか、今年も暖冬《だんとう》らしいとか、そんな話だ。

わたしが最寄《もよ》り駅《えき》に着く時間を、美森のお母さんが母に伝えていたことを知ったのは、翌日《よくじつ》のことだった。けれど伝えたのはそのことだけで、わたしが幸田《こうだ》先生について語ったことはもちろん、話題になったことなども一切《いっさい》告げてはいないようだった。

8 紗奈《さな》

昼休みに、第一校舎《こうしゃ》と第二校舎をつなぐ渡《わた》り廊下《ろうか》で、手すりによりかかりながら、私《わたし》と宙《ひろ》と美森《みもり》は、校庭を見下ろしていた。校庭の落葉樹《らくようじゅ》はほぼ葉を落とし、銀杏《いちょう》だけがまだ少し黄色い扇形《おうぎがた》の葉を残している。

「あたしたちって、三羽のはぐれ鳥みたいかも」

「でも、三羽なら心強いよね」

「へえ？　宙はひとりでも平気ってタイプかと思った」

と笑うと、宙が唇《くちびる》をとがらせた。

「ええ？　こんなにか弱い乙女《おとめ》にむかって」

はぐれ鳥三羽は和やかに笑いあう。宙はか弱くない、けっして。でも、もしかしたら、三人の中でいちばん強いのは美森かもしれない。表情《ひょうじょう》が豊《ゆた》かで、むっとしたり笑ったりすることが多いが、実際《じっさい》には、何かあっても動じない。

私はどうなのだろう。強いのか、弱いのか。この身に代えがたいほど大切な存在《そんざい》があることは、強みだろうか、弱みだろうか。母だけがすべての私にとって。

ふと、幼《おさな》いころの日々《ひび》がよみがえる。この人に好かれるためならば、なんでもしようと思った。いい子にならねばと思い、必死に勉強をした。なんでも一生懸命《いっしょうけんめい》がんばった。認《みと》めてほしかった。愛してほしかった。

ちらりと時計を見て、そろそろ教室にもどろうか、というタイミングで私が振《ふ》りかえったとき、渡《わた》り廊下《ろうか》を歩いてくる男子がいた。隣《となり》のクラスの木崎章一《きざきしょういち》。森谷爽平《もりやそうへい》の親友だ。

章一は、あろうことか、私たちに歩みよってくる。

「あの……」

「何？」

と強い調子で私が問う。ほんの一瞬《いっしゅん》、たじろいだけれど、章一は、美森のほうを見て、ゆっくりと口を開く。

「高岡《たかおか》さんに、ききたいことがあって」

美森が、へっ？　とでもいいそうな表情《ひょうじょう》で、私と宙を順繰《じゅんぐ》りに見てから口を開く。

「あたしに？」

「うん。そんなに時間はとらせないと思うから。放課後、東野公園でまってる」

章一《しょういち》は、それだけいうと、すぐにきびすを返して去っていく。ほどなく、午後の授業《じゅぎょう》開始五分前を告《つ》げる予鈴《よれい》が鳴った。

放課後、

「行くの？」

と美森にきくと、こくんとうなずいた。

「ききたいこと、っていわれたら、気になるから」

「だいじょうぶ？　いっしょに行こうか？」

「わたし、木崎《きざき》くんとは去年同じクラスだったけど、まじめなタイプだし、心配いらないと思う。歴史《れきし》オタクだけど」

宙がいった。私はべつに心配したわけではない。東野公園は、駅までの道のりとは反対側だが、学校から数分のところにあり、小さな子どもたちもけっこう遊んでいるような場所だ。

「ねえ、よかったら、駅前のMカフェでまってて。そんなに時間とらせないっていってたし」

美森の言葉に、私と宙は、わかった、といって正門前で別れた。

店に入った私たちは、窓側《まどがわ》のカウンター席に座《すわ》った。真ん中の席は美森のために確保《かくほ》して、そこに荷物を置く。私も宙も、選んだのはホットのカフェラテだった。宙が何度も時計を見るので、私は少しばかりあきれて、

「まだ、十分経《た》ってないよ」

とたしなめるようにいった。宙は、私とちがって情《じょう》が厚《あつ》く、友だち思いだ。

「そうなんだけど……」

「美森って、自分で思ってるより、しっかりしてるし」

私の言葉に、宙はうなずきながらかすかに笑う。

「このあいだ、美森の家に行ったの」

「宙が？」

「うん。美森のお母さん、いい人だったよ。飾《かざ》り気《け》がなくて。わたし、母親とけんかしたあとで……帰りがおそくなって、夜道がちょっとだけ心配だったんだけど、ばったり母親と駅で会ったの」

「へえ？」

「美森のお母さんから、わたしが乗った電車の時刻《じこく》、連絡《れんらく》があったんだって。ほかによぶんなことは一切《いっさい》伝えずに」

美森の家に行ったときいて、ほんのわずかだが心がざわつく。私の家のほうが近いのに、と思ってしまったのだ。そして、そんなふうに思ってしまった自分にとまどっていた。私は、少しでも、期待していたのだろうか、学校のない日に、会いたいと思われることを。

「けど、なんで美森の家に？」

「美森がさ、幸田《こうだ》先生のこと、お母さんに話したんだよ。それで、美森のお母さんから、うちの母親に伝わって、家でけんかになっちゃって。美森のせいだ、文句《もんく》いったろ、と思ってさ」

宙は冗談《じょうだん》めかしていった。

「お母さん同士《どうし》、知り合いだったの？」

「ほら、わたしたち、出席番号がつながってて。親子面談のときに顔合わせてたんだよね」

「そうだったんだ」

またドアが開く気配がして、宙が視線《しせん》を移《うつ》す。それから、手を振《ふ》る。ようやく美森が店

にやってきた。確保《かくほ》しておいた席の荷物をどけながら、

「どうだった?」

ときくと、どことなくとまどったような顔でいった。

「うーん。予想とちがってた。あ、注文してくるね」

美森は、カバンをドサッと椅子《いす》に置くと、すぐにカウンターのほうに行ってしまった。

予想とちがっていたとは、いったい、何を予想していたのだろう。

ソイラテを手にもどってきた美森は、一口《ひとくち》ふくみ、

「温かい、ほっとする。ホットだからね」

と、つまらないダジャレをいって笑った。

「何をきかれたの?」

宙がきくと、美森はしばし、うーん、というふうに首をかしげて唇《くちびる》をなめた。

「あたしね、森谷《もりや》くんのことかな、って思ったの」

「森谷爽平《そうへい》?」

「うん。森谷くん、まだ、紗奈《さな》に未練があって……それで、木崎《きざき》くんが、中に入ろうとしたんじゃないかって……」

私は、まじまじと美森を見つめた。なぜ、そんな発想をするのだろう。でも、宙も、「あ、そうか。そういうことか」

などというので、思わずふたりをにらみたくなった。

「……でも、ちがった」

「じゃあ、なんの話だったの？　何を美森にききたかったの？」

「なんというか、想像《そうぞう》もしてなかったから、ちょっとびっくりしちゃって……」

「ひょっとして、付き合ってほしいとか？」

きいたのは宙だった。口にはしなかったが、私も同じことを考えていた。

「そうなんだよね。なんか、ほんとに驚《おどろ》いちゃって……」

「なんて答えたの？」

「っていうか、どうしてって、きいた」

「それで？」

私も宙も、真ん中に座《すわ》る美森に、心もち顔をよせて、同時にきいた。

「それが……紗奈と森谷《もりや》くんに関係するんだけど」

「何それ」

思わず声がとがってしまった。

「つまり……紗奈、非難《ひなん》されたでしょ。森谷《もりや》くんのこと、振《ふ》っちゃって。森谷くん、紗奈に悪いことしたって思ったみたい」

「そうなんだ。いいやつじゃん、森谷くん」

宙が私を見てにやっと笑ったので、少し眉《まゆ》をひそめていった。

「宙ってば、今は、木崎《きざき》くんの話でしょ」

宙は、ごめん、というふうに舌《した》を出してから美森を促《うなが》す。

「……あたしと宙が、いつも紗奈といっしょにいたから、よかったなって思ったんだって」

「森谷くんがいったの？」

「木崎くんがそう思ったたって。だから、じゃあ、宙は？　ってきいたの」

「美森、それはないよ。そんなことときかれたら、木崎くんだってこまるでしょ」

「こまってた」

「それで？」

「それだけ」

「それだけって、美森はどう思ったの？　付き合ってくれ、というのの返事は？」

「そんなの。青天の霹靂《へきれき》ってやつでしょ。それに、急がないから考えてくれっていうから、わかった、って返事しただけだよ。あ、あと、歴史《れきし》オタクってほんとう？　ってきいた。ほんとだって」

どうやら、コクられたからといって、相手に興味《きょうみ》をもったわけでもなさそうなことに、私は内心ではほっとしていた。私にはありえないことだが、美森か宙が、男子と付き合うようになったら、この三人の関係が壊《こわ》れてしまうような気がしたから。できるならばこのままもうしばらく、三人で過《す》ごしたい。私は、自分の秘密《ひみつ》を明かすこともないままに、いつしか、そんなふうに考えるようになっていた自分に、少なからず混乱《こんらん》している。友だちなんて、そのときだけ。そうではなかったの？

駅で宙と別れて、美森とふたりになる。

「美森、木崎《きざき》くんと付き合う気はないの？」

「わかんない。べつになんとも思ってない相手だし。よく知らない。でも、付き合ってみなくちゃずっと知らないままだし。男子が好きとか、あんまり思ったことないもん。紗奈は？」

「私は、男子となんか、絶対《ぜったい》に付き合わないから。同性《どうせい》の友だちのほうがいい」

「けど、ちょっとはあこがれるよ。好きな男子と出かけたり」

「じゃあ、木崎《きざき》くんとデートでもすればいいんじゃない？」

声が皮肉を帯びるが、美森は意に介《かい》さない。

「うーん。あ、でもね、ちょっといいなって思うこと、あるよ。木崎くん」

「……いいって？」

「なんかさ、あたしたち、いっしょにいるでしょ。ずっと。紗奈が非難《ひなん》されたのって、へんだと思ってるけど、それはそれとして、あたしとか宙のこと、やさしい、とかっていわなかったの。ほら、男子っていいそうじゃない？　やさしい子だと思ったとかって。でも、ちがうでしょ、あたしたち、いっしょにいるの」

なぜか心がキリリと痛《いた》んだ。いっしょにいるのは、やさしさなんかではない。それでもやはり、美森はやさしい。そして、くやしいけれど、木崎章一《しょういち》のいいところもちゃんとわかっている。

「何か話したの？　ほかにも」

「歴史《れきし》オタクっていうから、戦国時代とか江戸《えど》時代とかが好きなのかと思ってたら、第二次世界大戦前の世界の歴史に興味《きょうみ》があるんだって。あと、家は宙の住んでるところにわりと近いらしい。きょうだいは四人。ひとりっ子のあたしからしたら、ちょっと想像《そうぞう》できないって思った。それから、血液型《けつえきがた》がＡＢ型で、ＡＢ型って、日本人には一割《わり》しかいないんだって。知ってた？」

「知ってるよ。母が、ＡＢ型だから」

「え？　紗奈のお母さんが？」

けげんそうに首をかしげる美森を見て、しまった、と思った。ずいぶん前に、血液型の話をしたことを思いだしたのだ。私はＯ型。ＡＢ型の親からは生まれない。たぶん、そのことに気がついたのだろう。けれどもすでに、美森はけげんそうな表情《ひょうじょう》を消している。いつもどおりののんびりとした笑顔。この笑顔、ほんの少しだが、母の笑顔に似《に》ている。私を安心させる、そんな笑顔だ。

「美森は、前に、名字がかわったっていったよね」

「うん。親が離婚《りこん》したからね」

「……私も、名字がかわったことがある。まだ小学校にもあがる前のことで、あまり記憶《きおく》もないんだけど」

「そうなんだ……」

おそらく、自分とは事情《じじょう》がちがうことが伝わったのだろう。しかし、それ以上詮索《せんさく》するようなことをきいたりはしない。それが、私の友だちの高岡美森《たかおかみもり》だ。


家に帰って、夕飯の準備《じゅんび》をしたあとで、私は母の部屋に入った。母の帰宅《きたく》まではまだ間《ま》がある。本棚《ほんだな》に置かれた写真に目を留《と》める。母の大学時代の友人とその夫。堂島郁《どうじまかおる》と堂島圭《けい》。ふたりは私の実母と実父で、かつて私は、堂島紗奈だった。

でも、そのころの記憶《きおく》は、美森に語ったように、断片的《だんぺんてき》なものしかない。ただその断片に、温かいものはなかった。父親の圭は不在《ふざい》がちでかわいがってもらった思い出などない。郁は鬱状態《うつじょうたい》で気分にむらがあって、私を痛《いた》いほど抱《だ》きしめるかと思うと邪険《じゃけん》にあつかったりした。ふたりのあいだに会話は少なかった。

断片のひとつ。薄暗《うすぐら》い部屋で膝《ひざ》を抱《かか》えてただ時間が過《す》ぎるのをまっていたこと。四歳《さい》ごろの記憶だ。

両親は、私が小学校に入学する前に、事故《じこ》で死んだ。郁の母、つまり私の祖母《そぼ》にあたる人にあずけていた私を車で迎《むか》えに来る途中《とちゅう》、ハンドルを切りそこねて、山道から転落した。運転していたのは郁《かおる》だった。

祖母《そぼ》の家に母がやってきたのは、ふたりの四十九日の法要が過《す》ぎた少しあとだった。母は、私を引きとりたいと祖母に告《つ》げた。癌《がん》を患《わずら》っていた祖母が余命宣告《よめいせんこく》をされていたことを、母は知っていたのだ。

そのときの記憶《きおく》は、鮮明《せんめい》に残っている。そう、お日さまのような笑顔で、母は、いったのだ。おばちゃんちの子になる？　と。

祖母は幾度《いくど》も母に頭を下げた。私を引きとったことへの感謝《かんしゃ》だけではなかった。あなたを苦しめたのに。あなたを裏切《うらぎ》ったのに。性格《せいかく》がきついから、結局、友だちも失った。気にかけてくれたのはあなただけだった……。

ふいに、郁と祖母が口論《こうろん》していたときのことがよみがえった。祖母もまた気性《きしょう》のはげしい人だったのだ。祖母は娘《むすめ》と圭《けい》の結婚《けっこん》に反対していたようだった。祥子《しょうこ》さんの恋人《こいびと》だった人なのに、誠実味《せいじつみ》がない、と祖母はなじった。祥子とは、母の名だった。圭さんは、あんたのろくでもない父親にどこか似《に》ている。祖母はそう罵《ののし》った。

祖母の夫だった人は、いわゆるＤＶ男で、賭《か》けごとで借金をつくって出奔《しゅっぽん》したことを私が知るのは、ずっとあと。母がかくしていた祖母《そぼ》の日記を、こっそり読んだときだった。

つまり、私の父だった人は、妻《つま》と私の今の母と、二股《ふたまた》をかけた、そんな男だったのだ。

祖母が亡《な》くなる前に、母の養子となった私は、この家に越《こ》してきた。それから祖母が亡くなるまでの一年あまり、母は私を連れて、月に一度、祖母を見舞《みま》った。身体の衰《おとろ》えとは逆《ぎゃく》に、祖母の顔が少しずつおだやかになっていった。口をついて出る言葉から、恨《うら》み言《ごと》が消えた。

母と暮《く》らすようになって、私の日々《ひび》がどれだけおだやかで満たされた日々にかわったか。

母は、最初は節度をもったやさしさで、徐々《じょじょ》に家族としての愛で私を包んでくれた。

きらわれたくない、愛されたいとの思いで、勉強ができる聞き分けのよい、いい子になろうと必死になっていた私に、母は、がんばらなくていいといった。だって、お母さんが悪くいわれるから、と母に告《つ》げた。あれは甘《あま》えだ。たしかに、無神経《むしんけい》に、パパは？ ときいてくる子がいた。同級生どころか、おとなにもいた。でも、ほんとうはそんなことで傷《きず》つく私ではなかった。母さえいればよかったから。

あれは、五年生ぐらいのときだったろうか。夜中に目覚めた私は、そっと母の部屋に入っていった。私にむける顔はいつも笑顔。仕事でうなっていても、ぱっと顔をあげたときは、いつでも笑顔の母。それなのに、悪夢《あくむ》でも見たのか、母の顔は苦しそうにゆがんでいた。そして、その口から漏《も》れた短い言葉。圭《けい》さん……。私の父の名だった。父が、そして私を産んだ女が、母を苦しめているのだ。

翌朝《よくあさ》の母は、何ごともなかったかのような笑顔を私にむける。だからこそ、私は血縁《けつえん》上《じょう》の親に、とりわけ、父親に、許《ゆる》しがたい思いを抱《いだ》きつづけた。そればかりか、男への不信感を募《つの》らせた。爽平《そうへい》を振《ふ》った不届《ふとど》きな吉本《よしもと》紗奈。しかし、コクってきた相手にひどい態《たい》度《ど》をとったのは爽平がはじめてではなかった。そのことに何の痛痒《つうよう》も感じない。だが、そんな後ろ暗い感情《かんじょう》に支配《しはい》されていることには苦しみ、己《おのれ》を嫌悪《けんお》した。親しみをもって接《せっ》してもらったり、好かれたりするような人間ではない、私は。だからだれも私を好きになったりしないでほしい。ただ、母だけがいればいい。母の愛だけは、失ったら生きていけない。

「ただいま」

玄関《げんかん》で母の声がして、私はリビングにもどる。母が、荷物を抱《かか》えて入ってくる。

「お帰り。ご飯、できてるよ」

笑いかけると、母も笑顔になる。極上の笑顔。この母を苦しめたふたり――血縁上《けつえんじょう》の両親を、私は許《ゆる》していない。今後も許さない。とりわけ、圭《けい》のことは。二股《ふたまた》をかけるような男は地獄《じごく》へ落ちればいい。でも、母は、そんなふたりを、けっして悪くいわない。

「ねえ、紗奈。今度の土曜、お寺に行くよ」

「……わかってる」

もうすぐ、圭と郁《かおる》の命日が来る。毎年、その日の前後の土曜日に、母は、圭と郁の墓《はか》に私を連れていく。

9
美森《みもり》

心がすごく動いたわけじゃない。でも、男子って幼稚《ようち》、とずっと思ってたから、ちょっと意外だった。その意外というのはいい意味で。森谷《もりや》くんも、へんに紗奈《さな》を恨《うら》んだりしないところはマル。ふたりはいい友だちなのにちがいない。

ＬＩＮＥの交換《こうかん》はした。メッセージ送るけど返事とか気にしなくていい、といわれた。それから、ときどきメッセージが届《とど》く。毎日とか、そんなんじゃなくて何日かに一度。それも、自分が撮《と》った写真を送ってきたり。あたしも、たまには返信する。だからといって、ふたりでデートしたいとか、って気にはぜんぜんならない。今のままでいい。宙《ひろ》と紗奈と三人で過《す》ごす。そんな時間が好き。

このあいだ、紗奈とお母さんが、血がつながってないことを知ってしまった。衝撃《しょうげき》の事実……だって、紗奈って、母離《ばな》れできてないって思うくらい、お母さんのことを溺愛《できあい》してるから。

あたしはといえば、品田《しなだ》さんと偶然《ぐうぜん》会ってから、ママについての見方がかわった。それに、宙が、ママのことをすごくいいお母さん、だなんていうから。あたしと宙、おたがいの母親をほめあってる。そう思うと、なんだかおかしい。

ママから、思いもかけないことをいわれたのは、クリスマスのアドベントカレンダーの窓《まど》が三つ開いた日。

「尭士《たかし》さんが、出張《しゅっちょう》で東京に来るんだって。ひさしぶりに、会ってみたら？」

尭士さんとは、パパのことだ。ママと離婚《りこん》したあとも、あたしの養育費《よういくひ》はもらっている。クリスマスプレゼントなんかも送ってくる。でも、会ったのは数えるほどで、最後に会ったのは、もう二年近く前。正直なところ、あまり気が乗らなかった。めんどくさそうな顔をしていたあたしにママがいった。

「私《わたし》と尭士さんは離婚したけど、尭士さんが美森《みもり》の父親であることには、かわりないのだから」


パパと会ったのは、学校の最寄《もよ》り駅《えき》からふたつ都心によったターミナル駅だった。その日は土曜日で、駅はけっこう人であふれていた。約束の十二時ぴったりに駅の改札を出る。ここも人は多かったけど、パパはすぐに見つかった。昔から几帳面《きちょうめん》というのか、時間を守らない人にはきびしかったことを思いだす。

　パパもあたしを見つけたようで、こっちを見て軽く手を振《ふ》っている。黒のトレンチコートを着て、黒いカバンを脇《わき》に抱《かか》えたパパは、姿勢《しせい》がよくてしゃきっとしていて、たぶん、実際《じっさい》の年齢《ねんれい》よりも若々《わかわか》しく見える。そのせいか、若いときは、女の人にモテたらしい。

「背《せ》が伸《の》びたか？」

　ざっくばらんな感じできいてきたけれど、ひさしぶりに娘《むすめ》と会うことに、少しとまどっているみたい。それはこっちも同じだけど、なるべくふつうの調子で、

「少しはね」

と返事をした。

「何か食べたいものはあるか？」

「エビチリのおいしいの」

　パパは、中華《ちゅうか》料理だな、とつぶやいて歩きだす。あたしはだまってついていった。連れていってくれたのは、とてもおしゃれな感じのレストランで、たまにママと外食する地元のお店とは大ちがいだった。値段《ねだん》も高そうだけれど、そんなのは知ったことじゃない。

　出てきた料理は、見た目にもきれいだった。スマホをとりだして、セイロにのった点心、

小籠包《ショウロンポウ》とかシュウマイなんかを写真に撮《と》った。

「インスタにでもアップするのか？」

「しないよ。友だちに見せるだけ」

会話はとぎれがちで、あたしはひたすら食べた。前菜の蒸《む》し鶏《どり》とキュウリ、ピータン、干《ほ》し豆腐《どうふ》、キノコの入ったスープ、あたしのリクエストだったエビチリ……。どれもおいしかった。

パパは、料理についてあれこれ説明する。つまり、こういうちょっと高級そうなお店にも慣《な》れているってことだ。着てる服だって、安ものではなさそうだ。料理の説明から、中国の歴史《れきし》とかに話が移《うつ》って、ちょっとうるさいな、と思ってしまった。仕事が大学の先生だからしかたないのかもしれないけど、話し方が上から目線というのか、教えさとすみたいな。あたしはパパの学生じゃないのに。品田《しなだ》さんのいった言葉がよみがえって、思わずパパの言葉をさえぎった。

「ねえ、ママと……」

そのとき突然《とつぜん》、あたしはパパという言葉を口にできなくなってしまった。この人は、パパ、なの？

「美森、そんなふうに人の言葉をさえぎるのは、行儀《ぎょうぎ》が悪いと思わないか？」

「あたしは……お父さんの学生じゃないから」

父は、一瞬《いっしゅん》、むっとしたように眉間《みけん》に皺《しわ》をよせた。それでも、無理に表情《ひょうじょう》をゆるめる。

「何かききたいことがあるのなら、いいなさい」

「あたしは、ママとこんなお店、来たことないって思った」

「彼女《かのじょ》は社交性《しゃこうせい》がとぼしいな。もう少し、美森にもいろんな体験をさせてほしい。そのための金はわたしているのに。まあ、美森を今の学校に進学させたことには、感謝《かんしゃ》しているが」

その言葉で、もともと中学受験が父の願いであったことを思いだした。

「あたしもよかったと思ってるよ。今の学校では、だれも、あたしが一山美森《いちやまみもり》であったことは知らないから」

あたしはレンゲでスープをすくって飲んだ。スープは少し冷めていた。

「こまったことは、ないね」

「ないよ」

「ママは……元気にしているんだな」

「ママは、お父さんのこと、尭士《たかし》さんって呼《よ》ぶよ。パパとかお父さんとかって、いわない」

そのときのあたしは、少し意地悪い気持ちになっていたのかもしれない。父が何かいう前に、またすぐに口を開く。

「どうして、ママと離婚《りこん》したの？」

「それは……」

少しのあいだいいよどんだけど、父は小さく息をはいてつづけた。

「まあ、おまえももう小さな子どもじゃないから。別れたいといったのは、マ……冬美《ふゆみ》のほうだから」

ママといわなかったけれど、呼《よ》び捨《す》てにするのだ、と思った。

「でも、お父さんも納得《なっとく》したんだよね」

「しかたないだろう。もういっしょには暮《く》らせないといわれたら。わけがわからなかったよ。おれは、冬美の両親にも気に入られていたし、親戚《しんせき》にだって」

「今は、納得してるの？」

「それは、冬美にきくことだろ。決めたのはあいつなのだから」

「あたし、最近、お母さんが若《わか》いころ、営業《えいぎょう》の仕事をしてたってきいて、ちょっとびっくりした」

「おまえが生まれる前の話だよ」

「つづけられなかったんだ」

「しかたないだろ。おまえが生まれたんだから」

もしかしたらママは、しかたなく仕事をやめたのかもしれない。

「お父さんは、ママと離婚《りこん》したあと、付き合った人と結婚《けっこん》しなかったんだね。どうして？」

「結婚する相手ではないと思ったからだよ。それは、美森には関係ないことだろ」

「そうだね」

でも、父には、品田《しなだ》さんがなぜ父から離《はな》れていったかも、わからないのかもしれない。

だって、ママのことも、わけがわからなかったのだから。

「そんなことより、今の学校、よかっただろ。高校受験、しなくてすんだのだから」

「うん。お父さんのおかげだね」

あたしは父に笑いかける。そのくらいのサービスをしないと悪いかな、と思った。

「もうすぐクリスマスだが、何かほしいものは、あるかな」

めずらしいな。わざわざ希望をきくなんて。父が送ってきたもの。子ども向けの図鑑《ずかん》や英語教材、去年は図書カードだった。

あたしは、父から何かもらいたいのだろうか。

「べつにいいよ。もう小さい子じゃないんだし」

父は少し気を悪くしたかもしれない。でも、べつにいいか、と思った。

デザートの杏仁豆腐《あんにんどうふ》をペロリと食べると、父は、おれのも食べろ、と、あたしの前に置いた。ありがたくいただくことにした。カロリーとりすぎだけど今日は自分を許《ゆる》す。いろんな意味で、とくべつな日。そんな気がしたから。


家に帰ると、ママはソファではなく、ダイニングテーブルの椅子《いす》に座《すわ》って、本を読んでいた。

「お帰り。コーヒー、飲む?」

ときかれて、うなずく。

ママがドリッパーに湯を注ぐ。コーヒーの香りが空気を染《そ》めていくような感じがした。

「いい香りだね」

「美森も、コーヒーを味わう年になったのね」

ママを見る。ふっと表情《ひょうじょう》をゆるめたママの目が、二日月のようになった。父のことは何もきかない。それは想定内だった。でもあたしは、ママと話したかった。

コーヒーを一口《ひとくち》ふくむ。ママはブラックだけど、あたしはたっぷりのミルクと砂糖《さとう》も入れている。小さいころ、こんなまずいものってないと思ったっけ。そうだよ、ママ。あたし、コーヒーを味わえる年になったの。ミルク入りだけどね。

「あのね、ママ。お父さんにきいてみたの。なんで離婚《りこん》したのかって」

「そう」

「そしたら、わけがわからなかったって。おばあちゃんたち……ママの両親にも、親戚《しんせき》にも気に入られていたのに、っていってたよ」

「そうね。おばあちゃんにも、どうしてなの、っていわれた」

「もしかしてだけど、ママ、あたしが赤ちゃんのとき、ワンオペとかで大変だったのかな」

あたしが使った言葉に、ママは苦笑いを見せた。

「ワンオペなんて、どこで覚えたの?」

「ネットとかでも見るし」

「まあ、たしかにあまり協力的とはいえなかったかもね。でも、外で働いていて家族を養っているという自負があったんでしょうね」

ママの言葉は淡々《たんたん》としていて、どこか他人事《ひとごと》のようにさえ思えた。

「もしかしてだけど、ママ、ほんとは仕事やめたくなかったとか?」

「なんでそんなふうに思ったの?」

「この前、営業《えいぎょう》の仕事してたから、顔覚えるの、得意《とくい》だっていってたでしょ。あのとき、ちょっと自慢《じまん》するみたいっていうか、めずらしいなって。仕事、好きだったのかなって思った」

「おもしろかったよ。事務機器《じむきき》の会社で、大学や研究所を訪問《ほうもん》して、レンタルの契約《けいやく》をとったり、顧客《こきゃく》の意見をきいたりする仕事だったけれど、いろんな人がいるな、と思った。私は仕事をつづけたかった。その仕事でなくてもね。でも、あのとき、私の味方はいなかったの。母……おばあちゃんもね、尭士《たかし》さんに従《したが》いなさいって」

「おばあちゃん、味方してくれなかったんだね」

それどころか、父に従《したが》えなんて……。

「あのときは、悲しかった。母は父……死んだおじいちゃんのいいなりで、そのことに内心では不満をもっていたはずなのにね。父が亡《な》くなってからは、だいぶ、話しやすくなったけど」

おじいちゃんが亡くなったのは、ママたちが離婚《りこん》してちょっと経《た》ってからだった。たしかに、あたしが小さかったころよりも、今のほうがおばあちゃんは生き生きしているみたいだ。

「あたし、おばあちゃんに、やりたいことやりなさい、っていわれたよ」

「そっか。でも、あのときは、孫の面倒《めんどう》は見られないと釘《くぎ》を刺《さ》されたのよ」

「それで専業主婦《せんぎょうしゅふ》になったんだ」

「私の気持ちが弱かったのだから、母たちを責《せ》める気はないけれど、家にこもっているうちに、少しずつ、自信を失っていった。営業《えいぎょう》の仕事をしていたのに、人付き合いも億劫《おっくう》になって。このままじゃいけないと思って、美森が四年生になったとき、尭士《たかし》さんに、働きたいといったの」

「そしたら？」

「配偶者控除《はいぐうしゃこうじょ》の範囲内《はんいない》にしとけって」

「それ、何？」

「配偶者の収入《しゅうにゅう》が一定の金額《きんがく》までなら……この場合の配偶者というのは、ほとんどが妻《つま》なんだけどね、夫の税金《ぜいきん》が免除《めんじょ》されるという巧妙《こうみょう》な手口よ」

はきすてるような言い方が、ママらしくなくて、それがどういうことなのか、きけなかった。

「ママは、お父さんに従《したが》ったの？」

「どうせ四十近い子持ちの女を正社員で雇《やと》ってくれるところはない、っていわれた。たしかに、最近では非正規労働《ひせいきろうどう》がふえるばかりだし、とくに女性《じょせい》にはきびしいのが現実《げんじつ》だけど」

「でも、そんな言い方しなくてもいいのに」

「生活費《せいかつひ》は、おれがちゃんと稼《かせ》いでいるんだし、美森の受験もあるだろ、といってた」

「あたしのせいってことなのかな」

「それはちがう。パートで五、六時間働くつもりは最初からなかったの。できれば正社員として働きたいと思ったから、パソコンや経理事務《けいりじむ》も勉強して、働くメドを立てて。それで今は、扶養《ふよう》控除なんかを記す年末調整の書類をチェックすることも、仕事のひとつになっているのだから、みょうな巡《めぐ》り合《あ》わせね」

ママはそういって苦笑した。会社員とか公務員《こうむいん》とか、雇《やと》われている人は、いくつかの控《こう》除《じょ》を受けるために年末調整の書類を出す。扶養《ふよう》控除のほかにも、たとえば、生命保険《せいめいほけんりょう》料控除とか、地震《じしん》保険料控除とか、ひとり親控除とかがあるらしい。その結果、それまでに納《おさ》めた税金《ぜいきん》の一部が返ってくることが多い。

それはともかく、ママは、離婚《りこん》したから働きはじめたのではなくて、働ける条件《じょうけん》ができたから、離婚したってことなのだろうか？

しげしげとママの顔を見る。平凡《へいぼん》な顔立ちだ。宙のお母さんみたいにきれいじゃないし、ファッションセンスもイマイチだなって思う。でも、品田《しなだ》さんと会って、話をきいたときに、あたしが抱《いだ》いていたママの像《ぞう》にヒビが入った。それが今やガラガラと崩《くず》れて、ずいぶんちがう顔をしているみたいに思えてきた。

「尭士《たかし》さんは……学者だけあって、いろんなことを私に教えてくれた。私がよく知っていることもね」

マンスプレイニングだ。

「わかる気がする。で、口はさもうとすると、不機嫌《ふきげん》になるんだよね」

ママは、ちょっと笑った。

「尭士《たかし》さんは、自分に自信がある人だから。……少しずつ、何かいうことが億劫《おっくう》になってしまった私もよくなかったとは思うの。我慢《がまん》するのはけっしていいことではないと気がつくのに、ちょっと時間がかかった」

「自分に自信があったって、相手の言い分、きくことできるでしょ。やっぱり、男の人のほうがえらがりたい人が多いのかな」

「そういう教育を受けてきてるから。昔は、中学や高校で、男の人は家庭科を学ばなかったし」

「そうなの？」

「そう。女子は家庭、男子は技術《ぎじゅつ》っていうふうに、べつの勉強をしたの。今は同じことを学ぶでしょう。時代がかわったってこともあるけど、社会に復帰《ふっき》してみて、男の人もいろいろだなって思う」

「いろいろって？」

「積極的に家事や育児に関わりたいって男の人もふえてて、そういう人は、育休とるのにもためらいがない。おれが家族を養わなくては、なんて思いこんでいる人のほうが大変かもね。男だろ、とか、男は泣くな、とかっていわれるのも、プレッシャーかもしれない。でも、重荷を下ろすかどうかも、結局は自分次第だから」

「けど、お父さんに、価値観《かちかん》が古いっていったら、いやな顔するだろうな」

というと、ママはまた笑った。

「でもね、美森。私と尭士《たかし》さんは離婚《りこん》して他人になったけれど、あなたにとっては、ずっとお父さんだからね」

このあいだも同じようなことといったよね、ママ。でも、それはいわないでおいた。

「わかってるよ」

「べつに私は尭士さんがきらいになったわけではないし、美森の養育費《よういくひ》をちゃんとはらってくれるのはありがたいと思ってる」

「それって、当たり前なんじゃないの？」

「実際《じっさい》には、そういう人ばかりじゃないのよ。母子家庭で苦労している人はたくさんいる」

「そうなんだ。でも、宙のお母さんも、紗奈のお母さんも、バリバリ働いてる感じだよ」

「私立《しりつ》の学校に通わせることができるくらいだから、たしかに、あなたの同級生は、わりと裕福《ゆうふく》な子が多いんでしょう。でも、母子家庭の半分以上が、貧困《ひんこん》っていわれてるのよ」

「つまり、あたしたち、けっこう恵《めぐ》まれてたってことか。ねえ、けど、あたしが仲よくしてる宙も、紗奈も、母ひとり子ひとりなの。なんかその偶然《ぐうぜん》ってすごくない？　家庭環《かん》境《きょう》選んで友だちになったわけじゃないのに」

「今日の美森は、よくしゃべるね」

「ママもだよ」

「たまにはそれもいいかも。美森も、もう十五歳《さい》だし。紗奈さんって、吉本《よしもと》さんだっけ？　会ってみたいな」

「今度、連れてくるよ」

そうだ。うちでクリスマス会やったらどうだろう。でも、やっていい？　とママにはきかなかった。ふたりに話してからにしよう、と思ったから。

スマホがチャランと鳴った。宙からのＬＩＮＥだった。


――叔母《おば》が、写真展《しゃしんてん》やってるんだけど、明日、いっしょに行かない？

すぐに、行くと返事をした。ほぼ同時に、紗奈からもＯＫのスタンプが来た。

10 宙《ひろ》

わたしが待ち合わせのターミナル駅のホームに着いたとき、すでに美森《みもり》も紗奈《さな》も来ていた。ここでべつの路線に乗りかえて、都心にむかうことになっている。

「ごめん、おそくなった」

「だいじょうぶだよ。五分しか遅刻《ちこく》してないから」

紗奈が、わざと五分を強調する。笑っているけれど、紗奈は時間を守るタイプだから、少しいらっとしたのだろうか。でも、口にできるのだから、と思いなおす。美森はといえば、周囲《しゅうい》を見回しながら、

「あたし、昨日もこの駅に来たんだ」

といった。

「何か用事で?」

「父親と会った。二年ぶり」

美森はスマホを立ちあげて、写真を見せてくれた。といっても父親の写真ではなく、中《ちゅう》

華《か》料理の写真だ。

「おいしそうだね」

「うん。おいしかったよ」

「美森のお父さんって、どんな人なの？」

「えらそうな人。職業病《しょくぎょうびょう》だね」

美森は、父親の職業を具体的には語らず、わたしたちもきかなかった。

乗《の》り換《か》え路線のホームに立ったとき、向かいの壁《かべ》にある、ゲームの広告《こうこく》が目に入った。

紗奈も気がついたようで、

「何、あれ」

と、顔をしかめる。わたしも同じように、眉《まゆ》をよせた。

そこには、ゲームのキャラクターなのか、極端《きょくたん》に短いスカートで、不自然に胸《むね》の大きな女の子が身をかがめてスカートをおさえている絵が描《か》いてあった。

「男子って、ほんとにあんなのが好きだったりするの？　だとしたら、マジ、男ってばかだよね」

切りすてるような紗奈の口調に、爽平《そうへい》を振《ふ》ったときのことを思いだした。

「ああいう絵の女の子ってさ、なんで内股《うちまた》なんだろうね。で、膝《ひざ》の下は足開いてるんだよね」

そういいながら、美森はスマホをとりだして、写真を撮《と》っている。

「なんで撮るの？」

憤慨《ふんがい》したように紗奈がきいた。

「証拠保全《しょうこほぜん》」

美森はにまっと笑ってつづけた。

「ほら、あたしたちって、ひとりっ子でしょ。もし、お兄ちゃんとかいたら、エッチな本かくしてる、なんてのを見たりするんだよね、きっと。男の兄弟がいる子だと、案外ああいうの、平気なのかもね」

「美森はやさしいよね。私《わたし》は、女子にきこえるようにエロ話する男子とか、クズだと思ってるから」

紗奈が口にしたやさしいという言葉には棘《とげ》がふくまれるが、美森は気づかないそぶりで受けながす。

「中原《なかはら》くんとかもさ、野崎《のざき》さんの胸《むね》ばっか見てたし。まあ、最近、付き合いはじめたみたいだから、お好きにどうぞ、ってとこだろうけど」

ふいに中原大輝《なかはらたいき》の名前が出てきたのでちょっと驚《おどろ》いた。いつだったか、中原くんは、紗奈のことを女子力が低い、などと口にしてわたしを不快《ふかい》にさせた。野崎《のざき》さんは、一学期に痴漢被害《ちかんひがい》にあった。そのことは本人のせいではないけれど、何かと男子たちの視線《しせん》を集めがちなことを、少しばかり誇示《こじ》するところがある。

それにしても、美森はどこからそういう情報《じょうほう》をえているのだろう。

「美森、情報通だね」

紗奈の言葉はあいかわらずいくらか皮肉を帯びているが、美森は意に介《かい》さない。

「あたし、中原くんって、宙《ひろ》に気があるのかと思ってた」

「やめてよ。あいつは幸田《こうだ》先生のお気に入りなんだよ」

「宙が相手にしてないのはわかってるし。なんか、ちょっとマッチョな感じするもん。中原くんはともかく、クラスの男子にだって、スマホでアダルト動画とか見てる子、けっこういると思うよ」

「けれど、こっそり見るのと、見せつけられるのはちがうでしょう」

と紗奈がいって、美森もわたしもうなずく。

「いつだったか、ターミナル駅の柱の広告《こうこく》に、こういう絵が何枚《なんまい》も使われたとき、駅はいろんな人が通る場所なのにって、母親がひどく怒《おこ》ってた」

「さすが、宙のお母さんだよね。あたし、それ、書いてるの、読んだかも」

美森はそういったあとで、あわてて口を押《お》さえたが、すぐに紗奈が反応《はんのう》した。

「書いてるのって？」

美森はこまったようにわたしを見たが、今さら紗奈にかくそうとも思わなかった。

「いいよ。かくしてるわけじゃないから。わたしの母親、月刊誌《げっかんし》にエッセイ書いてて、美森は、ファンなんだ」

「へえ？　そうだったんだ。どんなことが書いてあったの？」

「個人的《こじんてき》に楽しむのは自由だけど、公共的な場所に、見る人によっては不愉快《ふゆかい》に感じるものを出すのは暴力的《ぼうりょくてき》だって」

「へえ？　カッコいいね、宙のお母さん」

紗奈の言葉に、なぜか美森が、でしょ、とうれしそうにうなずいた。

叔母《おば》が写真展《しゃしんてん》を開いたのは、都心にある画廊《がろう》だ。

「宙、よく来たね」

笑って出迎《でむか》えた叔母《おば》、相沢結佳《あいざわゆか》は、母より六歳《さい》年下でまだ三十代半ばだ。顔立ちはともかく、あまりおしゃれには関心がない人だから、母とはまったく印象《いんしょう》がちがう。ヒールの靴《くつ》ははかないし、スカート姿《すがた》もあまり見たことがない。この日も、細身のセーターの上にポケットのいっぱいついたベストを着て、ボトムスはブルージーンズという格好《かっこう》だった。

「友だちの、美森と紗奈」

ふたりが、こんにちは、といいながら頭を下げる。写真は、主には風景を撮《と》ったもので、今回の個展《こてん》は、水がテーマなのだという。川や滝《たき》、湖、そして海などを撮った写真が、壁《かべ》にバランスよくかかっている。

「すてき……」

美森が、しぶきをあげる滝の写真をじっと見つめてつぶやく。岩と岩のあいだからダイナミックに流れおちる滝と、周囲《しゅうい》の樹木《じゅもく》。若々《わかわか》しい緑は、春に撮ったものなのだろう。

小さな画廊《がろう》なので、全部の写真を見るのにそれほど時間はかからなかった。ひととおり見終わったころには、さっきまで仲よさそうに写真を見ていた若いカップルが帰って、ほかに客がいなくなったので、わたしたちは部屋の隅《すみ》に置かれた木の椅子《いす》にならんで座《すわ》った。

「風景写真が専門《せんもん》なの？」

紗奈がわたしの耳もとできく。

「いろいろ。スタジオでポートレートを撮《と》ることもある。旅をして風景撮るだけじゃ、生活できないって。七五三の前とか、そっちでいそがしいらしいよ」

「でも、好きなことを仕事に選んで、生きてるんだから、カッコいいよね」

美森の言葉に、紗奈がうなずいた。

「頭に残ってたさっきの不愉快《ふゆかい》な絵が上書きされてよかった」

「不愉快な絵って？」

ほうじ茶を出してくれた叔母《おば》にきかれて、わたしたちは顔を見合わせた。それから、美森がスマホをとりだして、叔母に見せると、

「ああ、こういうのはねえ……」

と眉《まゆ》をよせた。

「男の人って、みんなこんなのがいいと思うんですか？」

「人によるんじゃない？　きいてみる？」

叔母は、この画廊《がろう》のスタッフらしい男の人を呼《よ》びとめた。叔母よりは若《わか》い人だ。

「ねえ、こういうの、どう思う？」

叔母《おば》が指さした美森のスマホの画像《がぞう》を見たとたん、その人は、うーん、というふうに首をかしげた。

「男のだれもが、胸《むね》の大きな女の子を好きなわけじゃないですよ。若《わか》い女の子を性的《せいてき》に消《しょう》費《ひ》してるとかいう前に、絵として不自然だし。でも……」

「でも、何？」

叔母がにやにやしながらきく。

「たしかにこういう絵を好きな男もいるし、抵抗《ていこう》ないって女性もいます。ただ、ぼくは魅《み》力《りょく》は感じないし、はっきりいえば見たくない。ましてや、駅のような場所で、いやだなと感じる人の目に入ってくるのは、なんというか……」

わたしはその人の言葉をきいて、少しほっとした。

「宙の叔母さんの写真、ほんとにすてき」

無理に話題をかえるように美森がいって、スマホをカバンにしまった。すると紗奈も、美森に調子を合わせる。

「写真家には、子どものときからなりたかったんですか？」

「写真を撮《と》ることを覚えたのは、小学校の四年生だった。お誕生日《たんじょうび》にコンパクトカメラ買ってもらって。フィルムなんて、あなたたちは見たこともないでしょうね。カメラをカパッと開いてセットするんだけど。中学生になったとき、父のお古の一眼《いちがん》レフをもらった。こうかまえてね、自分でピントを合わせる」

叔母《おば》がカメラをかまえる真似《まね》をすると、美森がつぶやく。

「カッコいい……」

「でも、そのころは、写真を撮ることを仕事にするとは考えてもいなかった。大学では語学を身につけたいと思ったから、外国語学部に入ったの。そうはいっても、大学の写真部に入部したのがきっかけにはなったかな」

「楽しかったんですか？」

「というより、マッチョな男が幅《はば》をきかせてて。女のカメラマンなんて無理だとかいわれてね。まあ、たしかに、昔は機材とかも重かったし、女性《じょせい》にきびしい面はあったと思うのよ。もちろん、昔から、すぐれた女性のカメラマンも、いたことはいた。それでも、やりやすくなってきてるのはたしか。ビデオカメラだってハンディで性能《せいのう》がいいのが出回っているし」

なるほど、というふうにわたしたちがうなずくと、また叔母《おば》が口を開く。

「カメラにかぎらず、技術《ぎじゅつ》が改良されて、大型《おおがた》のトラックの運転手をしている女性《じょせい》だっているでしょう。昔は体力的に女性には無理、っていわれたものも、今はそうじゃなくなった」

ふと、母がいっていた言葉を思いだした。

「そういえば、お母さんがいってた。昔は女子の夢《ゆめ》で、看護師《かんごし》って多かったけど、最近はお医者さん希望の女子も多いって」

「ああ、真貴《まき》ちゃんは、その手のことにはくわしいものね。そうはいっても、まだまだ差別はあるけど。ジェンダーギャップ指数って知ってる？」

「それ、うちの母がいってました。日本は政治家《せいじか》とか管理職《かんりしょく》とかに女性が少ないから、よけいに順位下げてるって」

紗奈がいった。

「そうね。女性が多い職種には、看護師もだけど、保育士《ほいくし》とか、介護職《かいごしょく》とか、命をあずかる大切な仕事もあるでしょ。でも、労働はきついし賃金《ちんぎん》も低い」

「けど、写真とかアートとかは、実力次第ですよね」

美森の言葉に、叔母《おば》はうーん、というふうに首をかしげた。

「美大で教えている友人がいるんだけど、学生数は女子のほうが多いの。でも、教員は圧《あっ》倒的《とうてき》に男性《だんせい》が多い。いろんな賞《しょう》の選考委員も男性が多い。入賞する人も男性が多い。そこにはジェンダーバイアスがあるって指摘《してき》されてる」

「男が、ずるいんだよ」

紗奈がつぶやく。

「その一方で、女性だから、ということでもてはやされることもあってね。男はライバルが多くて大変だ、なんて嫌《いや》みいわれたり、女性は女性で、そのことで注目されたのかな、と疑心暗鬼《ぎしんあんき》になったりすることもある」

「でも、もともと平等じゃないからですよね」

とまた紗奈がいった。

「男の人にもさ、男らしさを求められるのがきついって人も、いるよ。男は強くあらねば、みたいの内面化してると、弱音もはけないし」

するとさっき叔母に声をかけられた男の人が、

「ぼくは、その男らしさとか、いやで。だから手放しました」

と、遠慮《えんりょ》がちにいった。

「ほら、若《わか》い人の中には、このお兄さんみたいに、しなやかな人もふえてきたとは思うよ。まだまだだけど、少しずつかわってきてる。あなたたちが就職《しゅうしょく》するころには、もっともっとよくなっているといいね。というより、今、社会がかなり行きづまっているからこそ、多様性《たようせい》が求められてる。女性を冷遇《れいぐう》するような組織《そしき》には未来がないと思ったほうがいいよ」

叔母《おば》は、そういって、からっと笑った。

それから、紗奈と美森が気に入った写真を背景《はいけい》に、三人並《なら》んだ写真を撮《と》ってもらった。

画廊《がろう》を出るときに、叔母がわたしを呼《よ》びとめて、小声できいた。

「真貴《まき》ちゃんは元気にしてる？　仕事、いそがしそうだけど」

「うん。元気だよ」

「カラ元気じゃなきゃいいけど。けっこう見栄《みえ》っぱりだからね」

「まあね。でも、わたしがいるから、無理してきたのかもしれないし」

「あんたが気にすることじゃないよ。まあ、大学出てすぐに結婚《けっこん》して専業主婦《せんぎょうしゅふ》になった人だから、今みたいになるまでずいぶん苦労はしたでしょう。がんばり屋なのはたしかね。

宙、親孝行《おやこうこう》しなさいよ」

「わかってるよ。あ、来週中に仕事の帰りによるっていってた」

先に行きかけたふたりがもどってきたので、わたしはあわてていいたした。

「そうだ。月刊誌《げっかんし》に連載《れんさい》していたやつ、来年、本になるらしいよ」

「ええ？　すごい！　あたし、絶対《ぜったい》買う！」

と美森が叫《さけ》ぶ。

「中学生のファンがいるのね」

「あの、あたし、今日から、相沢結佳《あいざわゆか》さんのファンにもなりました」

すると、紗奈が、美森の肩《かた》を小づきながらいう。

「美森、調子いいんだから。でも、私もファンです」

「ありがとね。もっと自分が撮《と》りたいものを撮れるように、がんばるよ。まだまだこれからだからね」

叔母《おば》は、わたしたちを笑顔で送りだした。もっと撮りたいもの。美森や紗奈が賞賛《しょうさん》した写真は、撮りたいものではない？　そんなことはないだろう、と思う。でも、まだまだこれから、といったのは、今はまだ、写真家としては通過点《つうかてん》に過《す》ぎないということなのかもしれない。

そんな叔母《おば》よりも、わたしたちにはずっと多くの時間がまっている。

家に帰ると、母の恋人《こいびと》の関口浩輔《せきぐちこうすけ》さんが、リビングのソファに座《すわ》ってスマホをいじっていた。

「あ、宙ちゃん、お帰り」

にっこり笑ったが、表情《ひょうじょう》はかたい。こっちだって、まさか関口さんがいるとは思わなかったので、どんな顔をしていいのかわからなくて、無理に笑おうとしたけれどうまくいかなかった。

「どうも。お母さんは？」

「急な仕事の打ち合わせ。オンラインで。ほんとうは出かけているはずだったのに、ごめんね」

謝《あやま》られるのも、それはそれで気が引ける。もともとは、母たちはとうに出かけている時間だったのだろうが、わたしが帰ってくるのも予定より少し早かった。それで、はからずも顔を合わせることになってしまった。

「べつに、いいですけど」

そのまま、自分の部屋に行こうとしたけれど、ふと、立ちどまると、関口《せきぐち》さんにむかってきいてみた。

「あの、お母さんは、関口さんにとって、どういう人なんですか」

「それは……そうだな、尊敬《そんけい》できる人、かな」

「建前の言葉ですよね、そういうのって」

「そんなことないよ。やってる仕事だってりっぱだし、強い人だと思ってる。宙ちゃんを養えるだけ稼《かせ》いでるし」

「関口さんよりも稼いでる？」

「それは知らないし、関係ないよ」

「けど、自分より収入《しゅうにゅう》が多かったり、学歴《がくれき》が高かったりする女の人、付き合う相手には選ばない男の人っていそうですよね。男の沽券《こけん》に関わるとか思っちゃって」

「そういうのは、人それぞれじゃないかな」

おだやかに笑うけれど、問いには答えてくれてない、という気がしたので、さらにきいてみた。

「関口《せきぐち》さんは、お母さんと結婚《けっこん》しようと思わないんですか？」

「結婚は、ひとりじゃできないよ。それに、宙ちゃんだって、いやだろ」

「わたしのため、なんていわれたら、それもいやだな」

「そうはいわないけど。あえて結婚しなくても、とは思うかな。今のままでいい。ぼくだって、おとなとして、それなりに自立して日々《ひび》を暮《く》らしている。もちろん、真貴《まき》さんはぼく以上に自立したすてきな女性《じょせい》だけど、なんていうかな、ぼくたちはカップルとしては、未熟《みじゅく》なんじゃないかって気もするんだよね」

関口さんの言葉は、意外にも腑《ふ》に落ちた。話し方も悪くない。わたしを子どもとなめている感じもない。悪い人じゃない、どう考えても父親にはなりえないけど。そんな内心が伝わったわけではないだろうけど、また関口さんが口を開く。

「ぼくはどうしたって、宙ちゃんの父親にはなれっこないし、なるつもりはないし、真貴さんにとっても、宙ちゃんのお父さんの代わりにはなれないんだよね。真貴さんにとっては、亡《な》くなった彼《かれ》が一番だから」

わたしは、ぎこちない笑顔を返すと、キッチンに引っこんだ。冷蔵庫《れいぞうこ》を開けて牛乳《ぎゅうにゅう》パックをとりだす。温かいミルクティーを飲みたくなったのだ。

そのとき、ドタドタと足音を立ててリビングに入ってきた母が叫《さけ》ぶようにいう。

「ねえ、浩輔《こうすけ》、きいてよ！　ほんと、あったまくる！　何が男もつらい、よ。男の生きづらさ？　冗談《じょうだん》じゃない。どれだけ今まで下駄《げた》はかせてもらってきたか、少しは気づけっていうの。あんなやつばっかだから、おっさん社会がかわらないのよ！」

男の人を糾弾《きゅうだん》しつつも、母の声には、怒《いか》りの中にどこか甘《あま》えるような響《ひび》きがあった。母は関口《せきぐち》さんの隣《となり》に座《すわ》りこんで、腕《うで》をつかんで揺《ゆ》すぶる。

「真貴《まき》さん」

母の手を押《お》しやりながら、関口さんが顎《あご》を、わたしのいるカウンターのほうにむける。

「……宙、いたの？」

母は、ひどく苦い薬を無理に飲みこんだときのように、うぐっと喉《のど》を鳴らした。わたしは、牛乳《ぎゅうにゅう》を温めるのはあきらめて、

「ごゆっくり」

と、いうと、リビングから出ていった。男の人に甘える母なんて、やっぱり見たくない。

母が結婚《けっこん》したいならすればいい。以前は、だれであれ、男の人が家にいること自体、耐《た》えがたいと思った。でもたぶん、わたしはだいじょうぶ。だいじょうぶになった。

それでも……。もしもふたりが結婚《けっこん》したら、大学に進学した時点で家を出ることになるだろう。

自分の部屋にむかう途中《とちゅう》で、

「今日は帰るよ」

という関口《せきぐち》さんの声がきこえた。ほんとうにすぐに関口さんが帰っていったので、わたしはリビングにもどった。ミルクティーをつくろう、と思ったのだ。

やっぱり、母とわたし、ふたりの家だ、ここは。

「お母さんも飲む？」

「うん。ありがとう」

「結佳《ゆか》ちゃんが、お母さんのこと、見栄《みえ》っぱりだっていってたよ」

「見栄をはるのは、大事なのよ」

母は、おもむろにスマホをとりだしてテーブルに置くと、パンパンと自分の頰《ほお》を二、三度たたいた。それから、電話をかける。

「もしもし、富田《とみた》でございます。大変お世話になっております」

芯《しん》のある声だった。顔つきも豹変《ひょうへん》している。富田を名乗っているから、エッセイストの母ではない。本業のＮＰＯ法人の仕事だ。家にいても、こんなときの母はいつだって仕事人の顔をしている。キビキビとしてスキがない。ほんの少し前、関口《せきぐち》さんに甘《あま》えて悪態《あくたい》をついていた母は、そこにいない。

11 紗奈《さな》

寒風の中、墓《はか》の前でじっと手を合わせる母。おざなりなお参《まい》りしかしない私《わたし》とはちがう。今、母は何を思っているのだろうか。この墓に眠《ねむ》る人に手向《たむ》ける花はいつもカーネーションで、郁《かおる》が好きだった、というわけではなく、おそらく、私のためだ。それは母を象徴《しょうちょう》する花だから。私は、母にうながされて花立てに入れる。

郁も圭《けい》もひとりっ子同士《どうし》で、親戚《しんせき》が少なかった。郁は母子家庭だったし、圭は両親の折り合いが悪い家庭で育ったらしい。ふたりが結婚《けっこん》したときには、圭の両親は離婚《りこん》していて、母親は外国に移住《いじゅう》していたという。

ふたりは友人たちに囲《かこ》まれてすてきな結婚披露《ひろう》パーティーをしたと母は語っていたが、なぜかそのときの写真は残っていない。

母と寺をあとにしながら、ついでのように私はきく。

「ねえ、お母さん。お母さんは、堂島《どうじま》圭の恋人《こいびと》だったんでしょ」

母が目を丸くして私を見る。

「だれがそんなことをいったの？」

「……おばあちゃん」

いったのではない。日記を読んだのだ。けれど母は、祖母《そぼ》と私がふたりで暮《く》らした数か月のあいだ、私たちがどんな会話をしたかなど知る術《すべ》がないので、疑《うたが》うはずはない。

「たしかに、圭《けい》さんと最初に親しくなったのは私だったけど、三人で仲よしだったのよ」

そんなことが、ありえるだろうか。

「おばあちゃんは、二股《ふたまた》かけたって」

「そんなことないよ。圭さんと郁《かおる》のお母さんとの相性《あいしょう》がよくなかったみたいで、少し手きびしくなったんでしょうね。でも、相性だから、どっちが悪いってことじゃないの。それより、なんで今ごろ、そんなことをきくの？」

「なんか急に、いろいろよみがえってきて。宙《ひろ》のお母さんに恋人《こいびと》がいるってきいたからかも」

「富田《とみた》さんだっけ？　べつにふつうのことでしょ」

「そうだけど。ねえ、お母さんは、あの人のこと、好きだったんでしょ」

「……そうね。でも、郁も圭さんのことを好きになった。そして圭さんは郁を選んだ。それだけのことよ」

そうではない。それだけのはずはない。祖母《そぼ》の日記は、圭《けい》への恨《うら》み言《ごと》と怒《いか》りに満ちていた。自分の娘《むすめ》が、母に嘘《うそ》をついて圭と会っていたことも記してあった。それに、お母さんだって、うわ言《ごと》で、圭の名を呼《よ》んでいたのに。

「恨んだりしないの？　ふたりのこと」

「どうして？　いつもいってるでしょ。私はふたりのことが大好きだったし、お似合《にあ》いのカップルだった。美男美女で。最近、郁《かおる》に似てきたよね、紗奈《さな》は」

私は首を横に振《ふ》る。いやいやをする幼子《おさなご》のように。私は母に、吉本祥子《よしもとしょうこ》に似たいのに。

「どうしてお母さんを裏切《うらぎ》った人のことを、好きっていえるの？　うばった人を憎《にく》いとは思わなかったの？」

「紗奈。裏切ったとか、そういうことじゃないのよ。人の気持ちは、どうしようもないの。……郁は、私を許《ゆる》さないで、といった。だけど、許すも許さないもない。友だちなのだから」

ほんとうだろうか。ほんとうに、そんなふうに思えるものだろうか。それとも、ものわかりがよすぎる母は、愚《おろ》かなのだろうか。

私がだまっていると、母はうっすらと笑って空を見上げる。街路樹《がいろじゅ》のハナミズキはすでにすべての葉を落としていて、その風に揺《ゆ》れる枝先《えださき》の向こうに、青い空が広がっていた。

また母が口を開く。

「大学時代は、とても楽しかった。郁《かおる》ともね、いい思い出がたくさんあるのよ。いっしょに遊んで語りあかして、旅行して。だから、ふたりが逝《い》ってしまって、ほんとうにつらかった」

偽《いつわ》りを述《の》べる顔ではなかった。母は、祖母《そぼ》の日記を読んでいない。人の日記だから。身内でもないから。だから母は知らない。祖母が圭《けい》を憎《にく》んでいたことも、母に申《もう》し訳《わけ》ないと思っていたことも。そして、亡《な》くなる少し前、私と郁と圭の家庭が冷えきっていたことも、母は知らない。

母の子になれて私はなんと幸せなのだろう。それは、出会ったときからの確信《かくしん》で、今もずっとかわらない。だが、小学校を卒業したあとの春休みに祖母の日記を読んで、私の幸せは少し傷《きず》つけられた。私は、母を傷つけたふたり、とくに、圭を許《ゆる》さない、と思った。男なんてみんな同じよ、身勝手で女の人を踏《ふ》みにじって恥《は》じない。幼《おさな》いときには意味不明だった祖母の言葉も、今は理解《りかい》できる。

家に帰ってから、母が夕飯の支度《したく》をしているときに、母の部屋に入ってふたりの写真を見た。たしかに、いい顔で笑っている。不協和音が生まれる前の写真。ふたりは、母をどう思っていたのだろう。許《ゆる》さないで、と母に告《つ》げた郁《かおる》は、どんな思いでいたのか。たしかなことは、ふたりの結婚《けっこん》は幸福ではなかったということで、その不幸な結婚の結果、私がいる、ということだ。私は結婚なんか、一生しない。男の甘《あま》い言葉など、絶対《ぜったい》に信じない。

墓参《はかまい》りの翌日《よくじつ》に熱を出した私は、月曜日、大事をとって学校を休んだ。午後三時半を過《す》ぎて、美森《みもり》からＬＩＮＥメッセージが届《とど》いた。

――具合どう？

熱もないし、だいじょうぶだと返すと、これから宙と行っていいか、ときかれた。なんでも、親戚《しんせき》から柚子《ゆず》がたくさん送られてきたので、お裾《すそ》分《わ》けするつもりで学校にもってきたのだという。私は、まってる、と返信した。

心が揺《ゆ》れている。風邪《かぜ》で気が弱くなっているのだろうか。私の家に、友だちが来る。それは、めったにあることではなかった。この前、三人で写真展《しゃしんてん》に行った。私は、宙の叔母《おば》さんにむかって、私もファンです、なんて調子のいいことを口にした。でも、おもねったわけではない。私は、あの時間を楽しんでいた。いつのまにか、美森と宙とのあいだに、共感を育《はぐく》んでしまったようだ。

私はスウェットをデニムパンツとセーターに着替《きが》え、髪《かみ》をとかしてふたりをまった。ふたりが来たのは、それから四十分後だった。

美森が、袋《ふくろ》に入った柚子《ゆず》をテーブルに置く。

「ありがとう、季節ものだねえ」

「ああ、もうすぐ冬至《とうじ》か。どうりで日没《にちぼつ》が早いと思った」

美森の言葉に、宙が応《おう》じる。

「日没がいちばん早いのは、十二月の上旬《じょうじゅん》なんだよ」

「そうなの?」

「そ。それで、日の出がおそいのは一月の頭。トータルでいちばん日が出ている時間が短いのが冬至」

「へえ? 知らなかった。宙、もの知りだね」

「そんなことないけど。柚子湯とか、するの?」

宙が美森と私を等分に見ながらきく。

「しない。柚子《ゆず》がもったいないない」

「あれね、いろいろ再利用《さいりよう》できるんだよ」

私がいうと、そうなの？　と、ふたりそろって目を丸くする。

「たとえば、白い皮のところで蛇口《じゃぐち》とかシンクとか磨《みが》いたり、あと、香りが残るから少しのあいだだけど、芳香剤《ほうこうざい》にするとか、天日干《てんぴぼ》しして乾燥《かんそう》させて、肥料《ひりょう》にするとか」

「へえ？　紗奈って、家事スキル高いね」

「ほめられたから、じゃあ、すぐできる柚子茶つくろうか。レンジを使って」

いっしょにつくろうと誘《さそ》って、三人でキッチンに入り、あれこれ話しながら柚子茶をつくる。柚子を切っていると、

「紗奈、手際《てぎわ》いいっていうか、なんか、サマになってる」

と宙が感心したようにいい、細く切った柚子に砂糖《さとう》と蜂蜜《はちみつ》をまぜていた美森が、うなずきながら口を開く。

「ねえ、紗奈。今日、宙がね、野崎《のざき》さんにからまれたんだよ」

「からまれた？」

「そ、中原《なかはら》くんに気があるのかって」

「マジ？　で、なんて答えたの？」

「百パーセントない。なんでそんなふうに思うのかってきいたらさ、ひどい話で。中原くんがいったんだって。富田《とみた》はおれに気があるんだ、って」

「何それ？　バカじゃないの？」

私は、柚子《ゆず》をレンジに入れながらいった。

「バカだよね。なんか、まちがったことに自信もっちゃってる感じ」

「美森、するどいね。わたし、一年のとき同じクラスだったけど、今みたいにマッチョになるとはなあ。吹部《すいぶ》で部長とかやって、えらそうになったのかな」

宙がいったとき、レンジが鳴って私は柚子をとりだした。それから柚子をカップに入れてお湯を注ぐ。

「できた！」

「ああ、柚子のいい香り」

うっとりとした美森の表情《ひょうじょう》を見てくすっと笑う。宙と目が合う。宙も笑顔だ。

「温まる」

ふたりの言葉に、気持ちがほっこりする。こんなふうに過《す》ごす時間。まるで私たちは、いい友だち同士《どうし》みたいではないか。

ふと、母が楽しい思い出がたくさんある、と語っていたことがよみがえった。こんなささいなことも、友とのかけがえのない思い出になるのだろうか。

自分のことをわかってほしいとか、相手をわかりたいとか、そういうのは必要ないと思ってきた。でも、いつしか、美森と宙になら、話してみたくなっていた。私がだれかに、自分をわかってほしいと願うなんて。そんな自分にとまどう。とまどいながら求めている。求めながら戒《いまし》める。だめ、情《じょう》にのまれては。私はうつむいて、きゅっと唇《くちびる》をかむ。

玄関《げんかん》のほうでもの音がした。

「ただいま」

という声。母が帰ってきたようだ。私は平常心《へいじょうしん》をとりもどす。

「お友だちが来ていたのね。だったら、早引けすることなかったかな」

母が美森と宙に笑いかけながらいった。

「高岡《たかおか》美森です。お邪魔《じゃま》してます」

「富田《とみた》宙です。お邪魔してます」

順番にふたりが挨拶《あいさつ》する。

「お母さん、柚子茶《ゆずちゃ》飲む？」

「ありがとう。置いといて」

母はそういって、いったん手を洗《あら》いに洗面所《せんめんじょ》に引っこんだ。

「笑顔が、紗奈に似《に》ているね」

宙がいった。美森はほんの少し間《ま》を置いてから、微笑《ほほえ》みながらうなずく。私は、宙の言葉がうれしくてにっこりと笑う。

「学校の先生をなさっているんですよね」

もどってきた母に宙がきく。

「そうよ」

短く答えて、母は柚子茶の入ったカップを手で包むようにもった。

「おいしいでしょ。美森がもってきてくれたの。たくさんもらったんだって」

「それは、ありがとう。いい香りね」

カップをテーブルに置いたとき、カタンと音がして、少し柚子茶が外にこぼれた。

「もう、お母さんってば、子どもみたいにこぼさないでよ。おっちょこちょいなんだから」

私は眉《まゆ》をひそめながらいって、台布巾《だいふきん》でテーブルを拭《ふ》いた。

「ごめんごめん。紗奈にはよく怒《おこ》られるのよ」

「お母さん、うっかり者なの。こぼしたりわったり。この前も、年末調整の書類出すの忘《わす》れてて、事務《じむ》の人に迷惑《めいわく》かけたんだよね」

「紗奈。わが家の恥《はじ》をさらすことないでしょ」

「年末調整って、みんな出してるの？　わたし、見たことないけど。母、会社員じゃないせいかな」

「宙のお母さんは、ＮＰＯ法人の事務局長でしょ。事業主ってわけじゃないから、出してると思うよ」

と美森がいった。

「なんで美森がそんなこと知ってるの？」

「ママ、会社でそういう仕事もしてるから。住宅《じゅうたく》ローンがあったりとか、保険《ほけん》に入ってたりとかだと、税金《ぜいきん》が安くなるんだよ。あとね、配偶者控除《はいぐうしゃこうじょ》ってのもあって、その場合の配偶者っていうのはたいていは女の人だよね。専業主婦《せんぎょうしゅふ》とか。それと、パートで働いてるお母さんがいるとするでしょ。その収入《しゅうにゅう》が一定の金額《きんがく》以内なら、会社員のお父さんの税金が少なくてすむらしいよ」

「美森さん、よく知ってるのね」

母がにこにこ笑っていった。

「このあいだきいたばっかりです。ちゃんとはわかんないけど、母が、配偶者控除《はいぐうしゃこうじょ》のことを、巧妙《こうみょう》な手口だっていってました」

すると母は、声をあげて笑った。

「巧妙な手口かあ。まあ、たしかにねえ」

「でも、あたしにはよくわかんないんですけど」

母は、私たちにざっくりと説明してくれた。要は、配偶者、つまりたいていの場合は妻《つま》で、妻の収入《しゅうにゅう》が少ない場合、夫の税金《ぜいきん》が少なくてすむ。収入が基準《きじゅん》よりふえれば、妻も税金を納《おさ》める必要が生じるし、社会保険《ほけん》にも自分で加入しなくてはならなくなる。そのために、働き方を調整して、限度《げんど》となる収入をこえないようにしたりする。優遇《ゆうぐう》されているようだけれど、結局は、そういう働き方が、女性《じょせい》を低賃金《ていちんぎん》に押《お》しとどめることにつながっている、という話だった。

「なんかむずかしいけど……得《とく》しているようで結局損《そん》してるってことですか」

宙がきいた。

「専業主婦《せんぎょうしゅふ》が今より多かった昭和の時代に、男は仕事、女は家庭という役割《やくわり》分業を前提《ぜんてい》にした上で、主婦を優遇《ゆうぐう》するためにつくられた制度《せいど》だから、今の時代には合わなくなってきているの。それで、どうするかいろいろ議論《ぎろん》されてる。私は、あなたたちには、自分でほんとうに望むような働き方をして、応分《おうぶん》の税負担《ぜいふたん》をする人間になってほしい。その上で、税金がどう使われるかをちゃんとチェックする目をもってほしいな」

「わたしの母も、女性《じょせい》の賃金《ちんぎん》のことでは文句《もんく》いってます。だから、意識的《いしきてき》に、女性職員《しょくいん》に責任《せきにん》のある仕事をしてもらってるって。それなのに、パートナーのことを、主人が、なんて口にされるとがっかりするって。あなた、召《め》し使《つか》い？　っていいたくなるとか」

「たしかに、この時代にどうなの？　と思う言葉、あるよね。保護者会《ほごしゃかい》のことを、いまだに父兄会《ふけいかい》なんていう人もいるし」

母はそういってまた笑った。

「あの、子どものころから、教師《きょうし》になりたかったんですか」

美森がきいた。

「そこは微妙《びみょう》かな。小学生のころに、先生になりたい、なんて口にしたこともあったけど、ずっとそう思っていたわけではない気もするし。でも、大学に入って、とりあえず先生になる資格《しかく》をとろうと思って、そのための勉強はしていた。アルバイトで塾《じゅく》の先生をしたことがあってね、やっぱり女の子のことが気になった。女子のほうがいろいろ不自由があって、いろいろ教えたいっていうと、上から目線だけど、いろんな生き方をしていいんだよ、と伝えたいって思ったのね」

「実際《じっさい》にやってみて、どうですか？」

「そりゃあもう、大変よ。人も足りないし」

「先生が足りないっていわれてますよね」

「そうね。非正規《ひせいき》の先生も多くて、待遇面《たいぐうめん》では気《き》の毒《どく》だけど、正直なところ、力の足りない人もいる。もちろん、正規の教員でもそうだけれど。横暴《おうぼう》な管理職《かんりしょく》にあたっちゃうこともある。やることもふえていて、新しいことにも対応《たいおう》していかなくちゃいけない」

「新しいこと？」

「たとえば……私が子どものころは、スマホもなかったから、SNSもなかった。教科も少しずつかわってきたし」

「生徒も、昔とはかわってきたのかな」

「社会環境《かんきょう》がかわれば、かわることはある。その変化に対応《たいおう》する必要もある。でも、人の本質《ほんしつ》というか、根っこはそんなにかわらないんじゃないかな。今も昔も、ひねた子もずるい子もいるし。それでも、いつだって楽しいことがあるし」

「楽しいことって、どんなことですか」

「楽しい、というか、心を震《ふる》わせる出来事があると、むくわれた気持ちになるかな。ヤンキーで髪《かみ》を真っ黄色に染《そ》めてた子がお母さんになって、保育所拡大《ほいくしょかくだい》の市民運動やってたり。優等生《ゆうとうせい》だったのに勉強で挫折《ざせつ》して不登校になってそのまま退学《たいがく》しちゃった子がいたんだけど、その子が高卒認定《にんてい》の資格《しかく》をとって、教育学を学ぶためにイギリスの大学に留学《りゅうがく》したり。もちろん、今も気がかりな子がたくさんいるけれどね」

「なんか、やっぱカッコいいな。紗奈のお母さん」

美森がつぶやく。

「美森のお母さんもカッコいいよ」

と宙。

「ありがとう。前はそんなことといわれたら、ソッコー否定《ひてい》したけど、あたし、最近ちょっと、ママの見方がかわったの。今まで、宙のお母さんにはあこがれてたでしょ。紗奈のお母さんも専門職《せんもんしょく》で、それに比《くら》べて自分の母親って平凡《へいぼん》で、だからあたしも、平凡でつまんないなって、ずっと思ってたの。でも、人って、思わされちゃうってこともあったり」

「思いこみってこと?」

「ちょっとちがうかもしれない。このあいだ、父と会ったって話したよね。二年ぶりぐらいだったんだけど。で、それより前に会ったときのことを思いだしたの。今のママの仕事は会社の事務《じむ》で、父がね、だれにでもできる仕事だっていってたの。父は大学で教えてて、なんかそういうのが高級な仕事で、ママがやってるのってたいしたことじゃないって、どこかで思わされちゃったのかなって」

「それは、呪《のろ》いの言葉、かもしれないね。女の人にむけられた呪いの言葉はたくさんあるから」

母の言葉に、今度は私が問いかける。

「たとえば?」

「女は感情的《かんじょうてき》だとか、女は理数系《りすうけい》が苦手だとか。一見、ほめてるような言葉もある。女性《じょせい》は細やかだとかやさしいとか。本来、男だとか女だとかで決めつけられないことばかりなのにね。女性ならではの感性なんていわれるとバカいうなって思う」

そんなふうにけっこう手きびしい話をするときも、私の母はいつも笑顔だ。

「呪《のろ》われないためには、どうすればいいんですか」

宙がきいた。美森も真剣《しんけん》な目で母を見ている。こんなふうに、母は女子を夢中《むちゅう》にさせる。

さすがに、ふたりに嫉妬《しっと》は感じないが。

「そうだねえ。私自身《じしん》、ついつい予断《よだん》にとらわれることがあるからなあ。だからこそ、世の中でいわれていること、たとえ、肯定的《こうていてき》に評価《ひょうか》するような言葉であっても、ほんとかな、と疑問《ぎもん》をもつこと。言葉の裏《うら》にべつの意図がないかを考えてみること」

「お母さん、べつの意図って、どういうこと？」

「家事労働とか、事務的《じむてき》な仕事なんかをやらせるために、細やかでよく気がつく、なんてもちあげたり。内助の功なんて言葉も、私は好きじゃないなあ」

「女子がサブに回ったりするのも、そういうのにからめとられてるってことですよね。生徒会長も昔は男子ばっかりだったって。男子も女子もいる部活の部長も」

と、宙。

「建前、つまり、制度《せいど》としては、男女平等でも実際《じっさい》はちがうってこと、たくさんあるよね。日本は、ジェンダーギャップ指数も主要な先進国で最低だし。だからこそ、人のいうことにとらわれることなく、自分自身が生きやすい生き方を目指してほしい。あなたたちにも、私の学校の生徒たちにも」

「仲間っていうか、いい友だちがいるって、大事ですよね、きっと」

美森がいった。

「そうね。ふたりが紗奈の友だちでいてくれて、とてもうれしいな」

母はまたにっこり笑って立ちあがると、リビングから出ていった。

「いいお母さんだね。わたしたちに対等な感じで話してくれるし」

宙が笑顔でいった。

「うん。血はつながってないけどね」

美森と目が合ったが、すぐにそらされた。そうして、あらぬかたをながめて知らぬふりをする。それが美森らしさ。

「そう、なの?」

「でも、唯一無二《ゆいいつむに》の、世界でいちばん好きな人だから」

その母が私のそばにいてくれるのだから、私はもう、今は土の下で眠《ねむ》っているあのふたりへの、もやもやとして重たく暗い感情《かんじょう》を解《と》きはなつべきなのだろうか。

12
美森《みもり》

宙《ひろ》とふたりで、風邪《かぜ》で休んだ紗奈《さな》の家に行った日、あたしは、三人で集まってクリスマス会をやらない？　と提案《ていあん》した。ふたつ返事で同意がえられて、場所はあたしの家で、いろいろもちよることにした。

ママから、大事な話がある、といわれたのは、その何日かあとで、クリスマスが一週間後にせまった夕食後のことだった。

「話って？」

「来月、手術《しゅじゅつ》をすることになったの」

「手術……って、なんの？」

「職場《しょくば》の健康診断《けんこうしんだん》で、癌《がん》が見つかったの」

大事な話といいながら、その口調は、あまりにあっさりとしていて、まるでついでに世間話でもするみたいだった。あたしは、何かききまちがえた？　というふうに、問いかえす。

「今、癌《がん》、っていった？」

「うん。乳癌《にゅうがん》」

「………………」

「そんなに心配しなくてだいじょうぶよ。早期発見だし。昔とちがって癌は治る病気だから。もちろん、部位によってはきびしいこともあるけれど、早期に発見した乳癌の十年生存率《ぞんりつ》は九十九パーセントなんだから」

ママは少し笑った。だけど、あたしはとても笑いかえすことなんてできなかった。

「ただ、数日入院することになるし、そのあとも、しばらく治療《ちりょう》が必要になると思う」

「……お仕事は？」

「少しのあいだ、お休みすることになるけど、だいじょうぶよ、クビにされたりしないから。大会社じゃなくても、福利厚生《ふくりこうせい》の充実《じゅうじつ》した会社を選んで勤《つと》めることにしたのだから」

「……うん」

「お手伝いも、してもらえるかな」

「うん」

「そんな心配顔しないでよ」

「うん」

何をいわれても、ただ、うなずくことしかできなかった。昔とちがって治るときいても、癌《がん》という言葉はやっぱりまがまがしかった。生存率《せいぞんりつ》九十九パーセント。でも百パーセントじゃない。

「入院しているあいだは、おばあちゃんに来てもらうことにするよ」

「……うん」

おばあちゃんと過《す》ごすのは、ちょっと気が重いけれど、ひとりではやっぱり心細い。たまに、ひとりで過ごすという宙は強いな、と思った。

もし、父と離婚《りこん》していなかったら……。ふと、そんなことを思って、首を横に振《ふ》る。そして、はっとなった。

「ねえ、ママ」

「なに？」

「このあいだ、お父さんと会ったら？　っていったのって、このことと関係あるの？」

「まさか。心配いらないっていってるでしょ」

「ほんとに？」

「そうね。でも、たしかにまったく関係がないわけじゃないかもしれない。もしかしたらって疑《うたが》ったときにね。だいじょうぶだとは思っても、何がおこるかわからないのが人生だから、そういうことはちょっと考えた」

「話してはいないの？」

「話してないよ」

「わかった。じゃあ、あたしとママとで、がんばろう」

そういうと、ママはふいにあたしを抱《だ》きしめた。

そんな、小さい子じゃあるまいし、と思いながら、ちょっと泣けてきた。

「ありがとう、美森《みもり》」

自分の部屋に引っこんでからも、気持ちはざわついていた。もしも、ママに何かあったら……。その日の夜はなかなか寝《ね》つけなくて、寝返りを何度も打った。

翌朝《よくあさ》、ふだんより寝ぼうしたあたしがリビングルームに行くと、ママはすでに出勤《しゅっきん》の準備《じゅんび》をすませていて、

「お寝ぼうさん。戸締《とじ》まりちゃんとしてね」

というと、あわただしく出勤《しゅっきん》した。そしてあたしは、ヨーグルトだけ急いで食べると、十分後には家を出た。

学校に着いてからも、ずっとぼんやりしていた。夢《ゆめ》だったらいいのに……。期末試験が終わる前だったら、成績《せいせき》はさんざんだったかもしれない。

宙と紗奈に打ちあけてみようかと思った。けれど、なんだかすぐに口にできなかった。いつものように三人で学校を出て、駅で宙と別れたあとは、他愛のない話をしているうちに紗奈の降《お》りる駅に着いて、そのまま別れた。

家に帰ってから、リビングのソファに座《すわ》ってぼんやりと部屋をながめる。壁《かべ》にクリスマスリースが飾《かざ》ってある。何日か前にママが買ってきたものだ。赤いポインセチアの造花《ぞうか》がメインのリース。今まで、クリスマスの飾りなんてしたことないのに。ムダづかいじゃない？　といったら、ツリーは買えないけど、これくらいいいでしょ、と笑った。どうしてかわからないけれど、癌《がん》が見つかったことと、関係があるような気がした。

小さいころ、ツリーのある家がうらやましかった。そんなふうに父にいったこともある。そういうことは、父にいわないとだめだって、子ども心にわかっていたのかな。でも、父は、クリスチャンでもないのに、ととりあってくれなかった。ケーキとブーツのお菓子《かし》だけは、ママが買ってくれた。

スマホが、ＬＩＮＥの着信を告げる。紗奈か宙かな、と思ったらちがった。元気？ というスタンプは、木崎《きざき》くんからだった。元気だよ、というスタンプを返す。

――ならいいけど。なんとなく、今日、元気なかったみたいな気がして。

なんでそう思ったのだろう。クラスだってちがうのに。

――今日、どこかで会ったっけ？

――図書室にいたよね。

そういえば、昼休みに三人で図書室に行った。あのとき、ちょっとぼんやりしてたかもしれない。

——もの思いにふけってたのかな。

——今、電話してもいい？

一瞬《いっしゅん》、迷《まよ》ったけど、ＯＫというスタンプを返していた。こうしてひとりでいるのがしんどくて、だれかとしゃべりたかったのかもしれない。

——ビデオ通話にもできるけど。

——声だけがいい。

了解《りょうかい》というスタンプが届《とど》いて、それから十五秒ぐらい経《た》って、電話がかかってきた。

「今、何してるの？」

まず、あたしがきいた。

——宿題やってた。

「木崎《きざき》くんちって、クリスマスとか、家でやったりする？」

――小さいころはね。でも、妹ももう中学生だし。高岡《たかおか》さんとこは？

「ケーキ食べるくらいかな。木崎くん、きょうだい多かったよね？」

――うん、四人。高岡さんは？

「きょうだいいるの、ちょっとうらやましい。あたし、ひとりっ子なんだ。そんで、親が、離婚《りこん》してるから、母子家庭」

その母に、癌《がん》が見つかって、なんて話はさすがにできなかった。

――そうだったんだ。うちは、じいちゃんとばあちゃんも同居《どうきょ》だから、にぎやかだよ。兄貴《あにき》はおれよりイケメンで、ばあちゃんのお気に入り。

「大家族だね。なんか、想像《そうぞう》できないな」

――あのさ……。

「なに？」

――高岡さん、いい友だち、いるよね。吉本《よしもと》さんと、あと、富田《とみた》さんだっけ？　いつも三人でいて、仲よさそうで、いいなって思って見てる。

「うん。いい友だちだよ」

そんな言葉でいいあらわせないくらい。あたしたちはみんな母ひとり子ひとりで……。でも、それを木崎《きざき》くんにいう気はない。ふたりの個人情報《こじんじょうほう》をぺらぺらしゃべるべきじゃないから。

そのとき、玄関《げんかん》でもの音がした。ママが帰ってきたようだ。

「あ、母が帰ってきたみたい」

――じゃあ、また学校で。

「うん、ありがとう」

――それ、こっちのセリフ。ありがとう。

なぜだろう。気持ちが少し楽になっていた。たいした話をしたわけでもないのに。いいやつだな、って思う。いきなり電話かけてきたりしないところも。それに、いい声してる。ふくよかで温かみがある声だ。

帰ってきたママに、自然な笑顔でおかえり、といえた。それは、木崎くんのおかげかもしれない。

あたしはママに、クリスマス会を家でやりたい、と告《つ》げた。

「あら、じゃあ、リース買っておいてよかったじゃないの」

ママは目を細めて笑った。

次の日の放課後、あたしは宙と紗奈を誘《さそ》って、駅前のMカフェによった。そこで、ママの病気のことを、ふたりに話した。

「九十九パーセントってきいて、もし、他人事《ひとごと》だったら、だいじょうぶだよって思うんだ。でも、百じゃないわけで。うちの学校の三クラスにひとりはあたるんだ、って考えたら、怖《こわ》くなる」

紗奈がいった。

「わかるよ。でもだいじょうぶだよ。お母さんのこと信じよう」

「そうだよ。心配するな、とはいわない。心配なのは当たり前だから。けど、美森のお母さん、強いから、だいじょうぶだよ」

ふたりにだいじょうぶだといわれたことがありがたかった。そういうはげましはきれいごとの言葉だとはわかっていても、それはすごく力強いきれいごとで、あたしはやっぱり救《すく》われたのだった。

13 宙《ひろ》

二学期の終業式の翌日《よくじつ》。美森《みもり》の家でおこなう三人のクリスマスパーティーに、母がもたせてくれたのは、パネトーネというドライフルーツたっぷりのパンケーキ。恋人《こいびと》の関口浩《せきぐちこう》輔《すけ》さんオススメのお店で買ったものだ。紗奈《さな》はチキンと手作りのサラダをもってきた。リビングにツリーはないけれど、壁《かべ》にポインセチアのリースが飾《かざ》ってあった。テーブルには、フリンジ咲《ざ》きのシクラメン。小ぶりの鉢《はち》で、薄桃色《うすももいろ》の花びらの縁《ふち》がフリルのようでかわいらしい。

「そうだ、宙《ひろ》、ありがとう。母が喜《よろこ》んでいたよ」

紗奈がにっこり笑った。最近、紗奈は笑うことがふえた気がする。

わたしたちが美森の家でクリスマス会をやると告《つ》げると、わたしの母が、じゃあ、私《わたし》は高岡《たかおか》さんをお誘《さそ》いしてお食事でもしようかしらといいだした。それから、紗奈のお母さんにも声をかけてみよう、というふうに話が進んだのだ。

というわけで、今日、わたしたちの親は、都心でお茶したあと、外で食事をすることになった。夜は美森の家まで迎《むか》えに来るというので、おそければおそいほどいいよ、とわたしは母に伝えた。

クリスマスケーキは、わたしの母が予約して受けとり、親たちが帰ってきたら、六人でいっしょに食べる。

お茶を飲みながら、パネトーネを食べながら、三人でおしゃべりした。勉強のこと、家のこと、母のこと……。半年前は知らなかったおたがいのことを、わたしたちはずいぶん知っている。

「わたしたちって、けっこうかわってる？」

何気ないそぶりでそんな問いを投げたのは、意図してのことだった。

「どこが？」

紗奈が首をかしげた。

「ほら、恋《こい》バナとかしないし」

「たしかに。でも、ネタ、ないでしょ」

美森は紗奈を見て、にまっと笑った。たぶん、いちばんその手の話がきらいなのは紗奈だから。

「そうだ、野崎《のざき》さんと中原《なかはら》くん、別れたらしいよ」

「そうなんだ。って、美森、なんでそんなこと知ってるの？」

わたしは、なかばあきれたようにきく。自分を平凡《へいぼん》と語る美森の情報収集力《じょうほうしゅうしゅうりょく》には、ときどき驚《おどろ》かされる。

「え？　知ってる人、けっこういると思うけど。中原くんがこっぴどく振《ふ》られたって」

「へえ？　野崎さん、やるねえ」

紗奈がにやにや笑った。

「そんで、中原くん、荒《あ》れてたらしいよ。女はちょっとしたことで、すぐ感情的《かんじょうてき》になるとかって」

「自分がどう振るまってるか、わかんないんだよね。野崎さん、おまえ、とかいわれたりするの、我慢《がまん》できるかな、って思ってはいたけど」

「あ、でも、野崎さんって、ちょっと男子にこびるとこない？」

と美森。

「男がちやほやするせいじゃないかな。わたしも野崎さんはちょっと苦手だけど、もし、別れた理由が、中原くんのマッチョな態度《たいど》に腹《はら》が立ったのなら、野崎さんのこと、見直すよ」

野崎《のざき》さんにからまれたのは、そんなに前のことではない。あのときは、中原《なかはら》くんに夢《む》中《ちゅう》だったみたいだけど、ふたりの交際《こうさい》は、長くはつづかなかったということだ。

「野崎さんは、宙《ひろ》に見直されたいとも思ってないだろうけどね。で、美森は、どうなの？ 木崎《きざき》くん」

紗奈が美森にきいた。男子のことを、紗奈が話題にするなんてめずらしいな、と思った。

「どうって、べつに、どうってこともないかな。でも……」

「でも？」

わたしと紗奈の声が重なった。

「いい人だとは思うよ」

「だね。そういう意味では、森谷《もりや》くんだって」

わたしは、紗奈を見ていった。

「私、男ぎらいだから。森谷くんが悪いんじゃないよ」

わたしと美森が顔を見合わせていると、紗奈がまた口を開く。

「男の人のこと、信用できないって思ってきた。ずっと。でも、ちょっとわからなくなってる。だって……私の母は、私を産んだ人の友だちだったの。で、父親は、その人と付き合う前は、母の恋人《こいびと》だった。つまり、二股野郎《ふたまたやろう》だったわけ。そんなのが父親だよ」

突然《とつぜん》のカミングアウトに、言葉を失う。少し前に、紗奈とお母さんが、血はつながってないことをきいたけれど、まさか、そんな複雑《ふくざつ》な背景《はいけい》があったなんて。

「私にとって、今の母が太陽だったの。だから、母を傷《きず》つけた男なんて、絶対許《ぜったいゆる》せないって思った。祖母《そぼ》の言葉も、呪《のろ》いになったのかな。男はどうしようもないってぼやいてた。祖母も、自分の夫に裏切《うらぎ》られた人だったから。男はクズってのが、デフォルトになったのかも」

紗奈は、いったん言葉を切って、ふっと息をはく。それからまた話しだす。

「だけどねえ、あの母がさ、私がクズだと思ってる父親とか、親らしいことをしてこなかった私を産んだ人とか、ほめるの。楽しい思い出がたくさんあるって。どこまでお人好しなんだろうって思うけど、やっぱりそんな母が、大好きだから」

ちょっと泣きそうな顔で、紗奈は笑っている。今、その紗奈になんというふうにいえばいいのだろう、そう思って口ごもっていると、美森が、

「紗奈のお母さん、すっごくすてきだよね。だからさ、紗奈は、お母さんのことを信じて

いいんじゃないかな」

と、笑っていった。笑顔なのに、美森の瞳《ひとみ》から、すっと涙《なみだ》が流れた。それを手《て》の甲《こう》でぬぐって、また笑顔をむける。

「わたしは……」

おずおずと口を開く。いってもいい、そう思った。

「紗奈は、男ぎらいっていったけど、わたしは、ずっと、男の人……おとなの男の人が、怖《こわ》かったんだ。とくに、幸田《こうだ》先生みたいに、大柄《おおがら》で声の大きな人が」

そうしてわたしは、小学校三年生のときの体験をふたりに話した。途中《とちゅう》で、ふいに紗奈から抱《だ》きつかれた。

「怖かったよね。ひどいよ。それ、犯罪者《はんざいしゃ》だよ。許《ゆる》せないよ」

紗奈の息が頬《ほお》にかかる。その瞬間《しゅんかん》、今まで、ほんの少しだけ、美森に対してよりも距離《きょり》を感じていた紗奈が、ぐっと近くに感じられた。ほんとうは、とっても情《じょう》が深いんだ、紗奈って。

「幸田先生には、悪かったな、って思ってる。吹部《すいぶ》に入らなかったことも。見た目で判断《はんだん》しちゃいけないってことも。でも、どうしようもなかった」

場を和ませるように、美森が頬《ほお》をふくらませるようにして、うんうんとうなずいてから、口を開いた。

「たしかに、ごっつい男の人は、ちょっと気《き》の毒《どく》だね。けど、現実《げんじつ》には、身体の大きい人って威圧感《いあつかん》があって、あたしも、ちょっと怖《こわ》いって思っちゃうことあった。あとさ、暗くなった時間に歩いていて、男の人が後ろから来ると、どうしたって緊張《きんちょう》する。たぶん、男子には、そういうのって、なかなか伝わらないのかも」

「合気道は、護身《ごしん》にもなるんだよね。私、からまれてた女の子、助けて逃《に》げたことある」

「ええ？　紗奈、そんな武勇伝《ぶゆうでん》あったの？　だったら、護身になりそうな合気道、あたしと宙にちょっと教えてよ」

そうして、わたしたちは紗奈から、初歩の手ほどきを受けた。合気道では、小さな力で、自分より大きかったり力が強かったりする相手を制《せい》することができるという。ソファとソファテーブルを少しずらしてリビングを広くしてから、軽く準備《じゅんび》運動をおこなった。体育の授業《じゅぎょう》で見ているから知ってはいたけれど、紗奈は身体がやわらかい。そして、べつに稽《けい》古着《こぎ》を身につけていなくても、そのつもりで立つだけで、なんとなくわたしや美森とはちがうな、と思った。

紗奈は、動きながら、胸《むな》ぐらをつかまれたとき、腕《うで》をつかまれたとき、どのように相手の力をコントロールして逃《のが》れるかを、説明してくれた。

「あたしも習おうかな」

と美森が感心したようにいった。それもいいかも。

「じゃあ、そのうち、私が通ってるとこの体験教室に来てみたら？　でも、やっぱり、まずは逃《に》げることだよね。それ、大事だから」

逃げることが、大事。わたしは、あのとき、ちゃんと逃げたのだ。そんな自分を少しはほめたっていいのかもしれない。腕力《わんりょく》が弱いことになんの落ち度もない。腕力だけじゃなくて、いろんな意味で力が弱いものが、ひどい目に遭《あ》ったり、バカにされたり、差別されたり、それはまちがっている。堂々《どうどう》とそう主張《しゅちょう》できる人になりたい。それは、今、自分が見つけたささやかな目標だ。

身体を動かして少し汗《あせ》をかいたので、美森がオレンジジュースを出してくれた。ジュースを飲んだり、フライドポテトをつまんだりしながら、またおしゃべりをする。少し、心が軽くなった気がする。長いあいだずっと胸《むね》の中にあった重しがとれたような……。

「怖《こわ》いっていったけど、でも、わたし、気になる男子が、いなかったわけじゃないんだよ。一年のとき、デートしたこと、あるんだ」

「うわ、恋《こい》バナっぽくなってきた」

美森が笑った。

「いいなって思ったんだけど、手をつなぐことができなかった。つい、ばしっとはらっちゃって。ジ・エンド」

「そんなことがあったんだ、っていうか、宙が、デート経験者《けいけんしゃ》だったとは。やっぱ、あたしよりモテるんだなあ」

「そんなことないよ。美森だって、木崎《きざき》くんにコクられたんだから」

「あたしのことより、宙、もしかして、今も気になる男子、いるとか？」

美森とわたしのやりとりがつづいて、紗奈はただだまってきいていた。わたしは紗奈のほうをむく。

「ねえ、紗奈。紗奈は、森谷《もりや》くんのこと、ほんとに少しも惹《ひ》かれない？」

「うん。やっぱり、男子と付き合う自分って、想像《そうぞう》できない」

「じゃあ、わたし、今度のバレンタインデーのとき、森谷くんに、本命チョコあげてみようかな。撃沈覚悟《げきちんかくご》で」

「マジ？」

美森の声が裏返《うらがえ》った。

「マジだよ。タイプだもん。それよか、お腹空《なかす》かない？　しゃべりまくったし、動いたし」

時計を見ると、六時を回っていた。

「何かつくろうか？　買い置きのスパゲッティとかある？　野菜とハムかソーセージがあれば、ナポリタンぐらいなら、すぐできるよ」

と紗奈がいった。いっしょにやろう、ということになって、三人でキッチンに立ち、紗奈の指示《しじ》に従《したが》って、野菜を切ったり、鍋《なべ》に湯を沸《わ》かしたりした。わたしは、料理なんてめったにしないけれど、けっこう楽しかった。

「そういえば、うちの親、付き合うなら、家事の得意《とくい》な男の人がいいよ、っていってる。恋人《こいびと》が、けっこう料理上手なんだ」

「へえ？　さすが、槇田水都《まきたみと》さんだね」

「マキタ？」

首をかしげた紗奈に、母親のペンネームだと説明した。

三人でつくったナポリタンは、おいしかった。紗奈の味つけがよかっただけじゃなくて、いっしょにつくったからだろう。

「これで、あとでケーキ食べたら、太りそう」

美森が、お腹《なか》をぽんぽんとたたきながらいったのを見て、わたしが笑う。

「いいよいいよ。今日は特別の日だもの」

ふと、わたしたちは、それぞれ事情《じじょう》がちがっても、みんな母の娘《むすめ》なのだ、と思った。はきはきして社会的な地位もあって、はなやかな母に引け目を感じていた。そんな母にどこかで反発しながらも、自分の弱さがいやだった。でも、母も昔から強かったわけじゃない。今だって甘《あま》ったれでもろいところもある。そもそも、この人は強いとか弱いとか、簡単《かんたん》にいいきれるものではないのだ。ひとりの人の中に強さも弱さもある。今までにもいやなことをふくめていろんなことがあった。腹《はら》を立てたり、ぐちゃぐちゃ悩《なや》んだり、落ちこんだり……。そんなありのままのわたしを受けいれる、それがほんとうの強さなのだと思うようになった。

たぶん、ふたりのおかげ。今までにも友だちはいろいろいたけれど、今、わたしは、ほんとうに出会えてよかったと思える友だちといる。

部屋の灯《あか》りを落として、ろうそくを灯《とも》した。ソファに三人並《なら》んで座《すわ》る。紗奈は膝《ひざ》をそろえて、美森は膝を抱《かか》えて、わたしは足を組んで。三人三様だ。美森がスマホでクリスマスの音楽を探《さが》して流す。ハンドベルの「聖夜《せいや》」を、だまったままきいた。ろうそくのほのかな灯りだけの、しずかな夜。

ちょうど曲が終わったとき、玄関《げんかん》のほうで音がした。

「ただいま」

美森のお母さんの声。そして、わたしを呼《よ》ぶ母、紗奈を呼ぶ紗奈のお母さんが連れだって、ほんのりと冷気をまとってリビングに入ってきた。わたしの母が、ケーキの箱をもっている。

美森が灯りをつける。ちょっと夢《ゆめ》から覚めたみたいな気分。三人の母と三人の娘《むすめ》が、同じケーキを食べる。母たちはシャンパンを飲んでいる。わたしの母が、くつろいでいるのが伝わってくる。仕事の緊張《きんちょう》からも解放《かいほう》され、だれかによりかかることもなく、母たちはここに存在《そんざい》している。

きいてほしかった幼《おさな》いときの出来事。なぐさめられたかったから抱《いだ》きつづけた相手への不足感。でも、もうわたしはだいじょうぶだ、と思った。母には母の人生があって、懸命《けんめい》に歩んできた。その母の子として、わたしは成長する。これからも。そしてわたしには、友だちがいる。

今年のクリスマスを、わたしは一生忘《わす》れないだろう。

14 紗奈《さな》

元日の早朝、まだ空が暗いうちに、私《わたし》は母とふたりで初詣《はつもうで》に行った。歩いて十五分ほどの神社は、さほど有名なわけではないが、それなりにお参《まい》りに来ている人はいて、行列もできていた。まっているうちに空が徐々《じょじょ》に白みはじめる。母が、次々《つぎつぎ》に参拝《さんぱい》に訪《おとず》れる人を眺《なが》めながらつぶやいた。

「最近は、着物で来る人なんて、ほとんどいないわね」

「振《ふ》り袖《そで》とか？　テレビの中だけでしょ」

「振り袖といえば、成人式ね。成人年齢《ねんれい》はかわったけど、儀式《ぎしき》は二十歳《はたち》のままなのかしら」

「どうかな」

「でも、三年後には選挙権《せんきょけん》、もつのよね」

母はそういって目を細めた。

賽銭《さいせん》を投げて、二礼二拍手《はくしゅ》一礼。私のいちばんの願いは毎年同じ。このままいつまでも母といっしょに暮《く》らせますように。今年はもうひとつ加わった。高校生になっても、美森《みもり》と宙《ひろ》とずっと仲よくできますように。

クリスマス会のことを思いだす。私のカミングアウト。そして、宙の。思わず宙を抱《だ》きしめた。私はなんであんな行動をとったのだろう。でも、あのとき、たしかに感じた。このふたりと、ずっと友だちでいたい、と。

神社を出たときには、すでにあたりはすっかり明るくなっていた。

「何を願ったの？」

「秘密《ひみつ》。お母さんは？」

「紗奈《さな》の日々《ひび》が、幸多いものでありますように。教え子たちが、楽しい高校生活を送れますように。困難《こんなん》を抱《かか》える人が少しでも減《へ》りますように。世界から貧困《ひんこん》と戦争がなくなりますように」

「それって、欲《よく》ばりすぎじゃない？」

「そうかもね」

母は笑う。でも、自分のことは、願わないの？　とはきかない。

家に帰って、おせち料理を食べた。自家製《じかせい》ではなく市販《しはん》のもの。お雑煮《ぞうに》は私がつくった。

具材は、大根とニンジン、鶏肉《とりにく》、かまぼこ、そして三つ葉。お醤油味《しょうゆあじ》のシンプルなお雑煮《ぞうに》だ。

「紗奈は、私よりずっと料理上手だね」

「来年のお正月には、お煮しめをつくってみようかな」

「それは、楽しみ」

二日には、山梨の母の実家に行った。母の父はすでに亡《な》くなり、その家には、母の母、そして母の兄一家が暮《く》らしている。母の兄——今は伯父《おじ》ということになるのだが——も、笑顔で迎《むか》えてくれた。

伯父たちは、和室の居間《いま》で駅伝を見ていた。往路《おうろ》のクライマックスの山登りに入ったところだった。

「どう？」

母が伯父にきく。ふたりは同じ大学出身で、母校が箱根駅伝の常連《じょうれん》だった。

「きびしいな。なんとかシード権《けん》はとってほしいよ」

母は眉《まゆ》をよせながらテレビ画面を見つめる。そういえば毎年本気で応援《おうえん》していたことを思いだす。意外にも熱いところがある人なのだ。登りきった選手たちは、今度は芦ノ湖《あしのこ》を目指して下っていく。登って下って、いろんなことがある。大逆転《だいぎゃくてん》、大ブレーキ。私のこれからの人生も、そうなのだろうか。

ひいきチームのゴールを見届《みとど》けた伯父《おじ》が、

「おい、ビール」

と、伯母にむかっていった。立ちあがりかけた伯母を母が押《お》しとどめた。

「兄さん、だれにむかっていってるの」

「え？」

「紗奈の前で、そんな言い方、やめてよ。おい、とか、失礼でしょ。ビールぐらい自分で出してきたら？」

伯母も祖母《そぼ》もくすくすと笑っていた。それでも、怒《おこ》ったりしないで立ちあがる伯父は、いやな人ではない。お年玉をもらったから、というわけではないけれど。私を引きとるという母に、最初は反対したらしいが、今はかわいがってくれている。

実家で見る母の様子は、私とふたりでいるときと少しちがう。どこがどうちがうのかと問われれば、答えに窮《きゅう》してしまうのだが、どことなくゆるい。ここでは母は娘《むすめ》であり妹だから、なのかもしれない。無遠慮《ぶえんりょ》に伯父の振《ふ》る舞《ま》いを批判《ひはん》しても、責任《せきにん》を負う必要のない場なのだ。

職場《しょくば》での母を見たことはない。ときおりかかってくる教え子からの電話などで想像《そうぞう》するばかりだが、職場ではまたちがった顔をしているのだろう。私の知らない母。では、過去《かこ》の母は？

私は、居間《いま》を出て二階の従姉《いとこ》の部屋に行った。ふたつ年上で高校二年の朋美《ともみ》さんとは、正月ぐらいしか顔を合わせないが、血縁《けつえん》はなくても従妹《いとこ》としてあつかってくれるし、同性《どうせい》の気安さもあってそれなりに話がはずむ。今し方の母たちの会話を告《つ》げると、

「昔は、お母さん、けっこういいなりだったよ」

と笑った。

「へえ？　おれが食わせてるとかって？」

「さすがにそこまでひどくないけど、休みの日なんかは、でんと座《すわ》って動かないで。ちょっといばってたかな」

「お母さんとなら、けんかになりそう」

朋美さんは、くすっと笑った。

「あ、でもね、お父さん、祥子《しょうこ》おばちゃんのこと、陰《かげ》ではほめてるよ。紗奈のこともね、

いい子に育ったって」

「いい子じゃないけど、いい友だちはできたよ」

「それがいちばんだよ。恋愛《れんあい》とかだと感情優位《かんじょうゆうい》だから、うまくいかないとそれっきりになる。もちろん、友だち同士《どうし》だって感情はあるけれど」

「朋美《ともみ》さん、友だち多そう」

「人数の多い部活やってるからね。けど、深い話ができる子は、わずかだよ。それでいいと思うし」

私はうなずいた。美森と宙と私。それぞれ境遇《きょうぐう》はちがうし、それぞれの抱《かか》えているものがある。でも、それは私たちだけではない。おそらく多くの人が、他人のあずかり知らぬところで、さまざまな憂《うれ》いや屈託《くったく》を抱《いだ》いて生きているのだろう。

新学期がはじまって数日後、駅構内《えきこうない》で、

「何かお手伝いできることありますか？」

という声がきこえてはっとなる。聞き覚えのある声だと思って振《ふ》りかえると、白杖《はくじょう》をついた人のそばに、早川蘭《はやかわらん》さんが立っていた。相手の人が何か答えると、早川さんは、上りホームに行くエレベーターまで、自分の肘《ひじ》をつかんでもらって誘導《ゆうどう》した。

にぎやかで活発。ちょっと苦手な人だと思っていた。いや、今だって苦手にはかわりない。爽平《そうへい》の一件《けん》では、当てこすりに近いことをいわれた。高等部の間山《まやま》さんが痴漢《ちかん》を摘発《てきはつ》した一件でも、あんなふうに大げさに騒《さわ》がなくてもいいのに、と冷ややかな目で見ていた。

早川《はやかわ》さんと目が合った。いくぶん、決まり悪そうな表情《ひょうじょう》で口ごもっているので、私から声をかけた。

「おはよう。すごい。あんなふうに案内するんだね」

「あ、うん。親戚《しんせき》に、目の不自由な人がいるから」

「親戚？」

「……ママの妹、つまり叔母《おば》ちゃんが、結婚《けっこん》した相手」

「そうなんだ」

「おじいちゃんの反対乗りこえて……大恋愛《だいれんあい》」

早川さんは、にっと笑った。

こうして会話をしてしまったので、学校までの道のりを並《なら》んで歩くはめになった。当然ながら、会話ははずまなかった。たがいに差しさわりのない話題を探《さが》すうちに、高校生になったらどうするか、という話になる。テニス部の早川《はやかわ》さんは、部活を楽しみにしていると語った。

「吉本《よしもと》さんは、部活やってないんだよね。習いごととか、してるの？」

「合気道」

「ええ？　うそ！　マジ？」

目を丸くして素《す》っ頓狂《とんきょう》な声を出した早川さんを見て、なぜか笑いがこみあげてきた。自分の笑い声が、ふたりのあいだにあった敷居《しきい》を少し下げた。

「そんなに驚《おどろ》く？」

「意外。でも、なんかカッコよさそう」

「そんなことないと思うけど。護身術《ごしんじゅつ》になるよ」

ほどなく、後ろから名を呼《よ》ばれて、早川さんが振《ふ》りかえる。

「じゃあ、先、行くね」

と告《つ》げて、私は足を速める。母の実家で思ったことをかみしめながら。

美森のお母さんの手術《しゅじゅつ》が無事に終わったときいたのは、一月の後半に入ってからだった。

気丈《きじょう》に振《ふ》るまっていても、どこか気もそぞろだった美森の、ほっとした様子に、私も宙も安堵《あんど》する。

駅にむかう道を、のんびりと歩く。

「あたしたち、母ひとり子ひとりだから、大切にしないと」

ぽつりと美森がつぶやく。

「そうだね」

宙がうなずいた。もしも、母を失ったら、と思うとすごく怖《こわ》い。美森はもっと怖かったのだろう。

「ねえ、紗奈。あたし、紗奈に料理習おうかな。これからは、もう少し家のことしないと」

「いいよ。何つくりたい？」

「まずは、肉じゃがとか、かな」

「いいね。ジャガイモとニンジンとタマネギが残ったら、次の日はカレーつくってみるとか」

「ああ、そういうこと、考えるんだね」

美森が感心したようにいった。

「わたしは、チャレンジするなら、手作りチョコかな」

宙が、むふっと笑った。

「わあ、本気なんだ」

「もちろん。あと一か月ないし。練習でつくったら、君たちにもあげるよ」

楽しみにしてるよ、宙。言葉にはしなかった。冬枯《ふゆが》れた街路樹《がいろじゅ》はハナミズキ。でももう、ひそかに春の準備《じゅんび》をしているのかもしれない。通いなれた見なれた風景だけれど、ふいに、ちがって見える瞬間《しゅんかん》。私は、少し、自分を肯定《こうてい》している。ふたりの友がいる、私を。

バレンタインデーに、宙が手作りチョコをあげるとはりきっていることを、母に告《つ》げると、

「青春だねえ」

と笑った。

「お母さんも、中学生のころ、チョコあげたりしたの？」

「義理《ぎり》チョコは、それなりにね。紗奈は、どうなの？」

「うちの学校では、義理《ぎり》チョコとか、ないなあ」

「今どき流行《はや》らないのかしら。本命チョコは？」

「ないない。あげようと思ったこと、一度もないから」

「そっか。好きな人はいないってことかな」

「いるわけない」

「いても、親になんて話さないよね」

「ほんとにいないってば」

「でも、紗奈もいつか、心から愛せる男の人を見つけてほしいな。もちろん、男の人でなくてもいいけれど」

「……そうだね」

なぜか、爽平《そうへい》の顔が浮《う》かんだ。もちろん、気になる人ではなく、気に入ってくれた人、けれども私が傷《きず》つけてしまった人として。

「ねえ、お母さん。お母さんは、だれかのことを傷つけちゃったとか、思ったことある？」

「そりゃあ、あるよ。生きている以上は」

「傷《きず》つけられたことも？」

「そうね。相手の意図はともかく。それが人生ってものでしょ」

あいかわらず、おだやかな笑顔だ。

「じゃあ、自分がきらいだって思ったことは？」

「だれだって、あるんじゃない？　でも、自分にむける好きときらいは表裏一体《ひょうりいったい》だからね」

「けど、お母さんは、生徒にも人気あるし、甘《あま》やかしたりはしないかもしれないけど、やさしい先生だっていわれるでしょ」

「私は、やさしくなんかないよ」

ほんの一瞬《いっしゅん》、母は表情《ひょうじょう》を消した。すぐに母は笑顔になる。だが、刹那《せつな》というほどの無表情は、自分にむけられたやさしいという言葉を拒絶《きょぜつ》したかのようだった。こんな母もいる。当たり前のことなのだ。私の知らない母があって。過去《かこ》も現在《げんざい》も、未来も。

これまで、私の血縁上《けつえんじょう》の両親について語ったことのすべてが、母の本心なのかどうかはわからない。一度でも、憎《にく》いと思ったことはなかったのか。腹《はら》を立てたことはなかったのか。わかっているのは、たとえどんな感情があったにせよ、今も母は、ふたりの死を悼《いた》み、弔《とむら》いつづけている、ということ。友として、同じ時を過《す》ごすことで育《はぐく》んだ、かけがえのない思いがあるのだということ。今なら、少しわかる。この数か月、美森と宙とともに過ごしてきた今なら。

私も、血縁上《けつえんじょう》の両親に抱《いだ》いてきた負の感情《かんじょう》から自分を解放《かいほう》していい。そして、男の人を男の人だからという理由で、遠ざけたり不信感を抱いたりする自分から、卒業しようと思う。

心から愛せる人。いつか、そんな人に出会えるのだろうか。そうなればいい、と思う。いつか、子は親の元からとびたつ。でも、もうしばらく、母のそばにいさせてほしい。大好きな、母のそばに。

15 美森《みもり》

ママは、すでに職場復帰《しょくばふっき》しているけれど、しばらくのあいだ、食事の支度《したく》はあたしが引きうけることにした。受験がなくてよかった、と思う。レパートリーはまだ少しで、出来合いのものを買うことも多いし、レトルト食品も活躍《かつやく》している。治療《ちりょう》で味覚障害《しょうがい》がおこることもあるときいていたけれど、そういうこともなく、ママはあたしがつくったものをおいしそうに食べている。紗奈《さな》に教わってつくった肉じゃがもほめてくれた。

父からの宅配便《たくはいびん》が届《とど》いたのは、バレンタインデーの少し前。

海外出張《しゅっちょう》があってバタバタしてクリスマスプレゼントを贈《おく》れなかったので、その代わりだとのこと。送られてきたのは、高校生向けの電子辞書だった。

「尭士《たかし》さんらしいね」

ママはそういって笑った。

「メールじゃなくて、お礼の手紙を書きなさい。そういうの、喜《よろこ》ぶ人だから」

「わかった」

もう、あたしは両親がなぜ離婚《りこん》したのか、とは考えない。ママには、父を受けいれられないところがあった。そのことでは、あたしはママによりそいたい。だからといって、ママがすべて正しくて、父が全部まちがっていた、ということでもないのだろう。でもやっぱり、父には、もう少しママの人格《じんかく》を認《みと》めてほしかった。いつか、そんなふうに、父に伝えることができるだろうか。


バレンタインデーの日、宙《ひろ》は森谷《もりや》くんにチョコをわたした。

「ありがとう、っていって、受けとってくれたけどね、なんか、たくさんもらったみたいだよ。部活の後輩《こうはい》とかから」

ため息まじりに、あたしと紗奈に報告《ほうこく》したのは、駅前のMカフェ。

あたしは、ちょっと迷《まよ》ったけれど、木崎《きざき》くんにはあげなかった。

「早川《はやかわ》さんも、森谷くんにあげたのかな」

あたしがつぶやくと、紗奈がきょとんとした顔になる。

「え？　早川さんって、森谷くんのこと、好きだったの？」

「何？　紗奈、知らなかったの？　だから、紗奈、にらまれてたのに」

「当てこすりみたいなこといわれたの、森谷《もりや》くんのこと、好きだったからかあ」

「鈍《にぶ》すぎだよ」

「でも、早川《はやかわ》さん、今、付き合ってる人、いるみたいだよ」

「なんで、紗奈が知ってるの？」

宙が目を丸くしてきく。

「本人からきいた」

「いつ？　っていうか、紗奈と早川さんが、そんな話、する？」

「たまたま、このあいだ、駅で会って。高等部の人と映画観《えいがみ》に行ったってきいた」

「そうだったんだ」

「それより、早川さん、点字勉強したいんだって。テニスはつづけるけど、高等部に、点字・手話部という部活があるから、かけもちしようかって」

「点字？　なんか意外」

「一か月ぐらい前に、駅で白杖《はくじょう》ついてる人に声をかけててびっくりしたんだけど、叔母《おば》さんが結婚《けっこん》した人が視覚障害者《しかくしょうがいしゃ》なんだって。それから、なぜかときどき、朝、駅で会うようになって、たまにいっしょに学校まで歩くようになった」

「へえ?」

「なんというか、表面だけ見ててもわかんないことって、たくさんあるんだろうな」

宙の言葉に、あたしもうなずいた。

「じっくり話したら、もっと理解《りかい》できるってことだよね」

そういいながら、あたしはひとりの顔を浮《う》かべる。やっぱり、チョコをあげればよかった。

「だよね。美森《みもり》のお母さんのことだって、話したらびっくりする人、多いと思う。美森って、しずかに明るいから」

と紗奈。

「なに、その、しずかに明るい、って」

あたしは口をとがらせて紗奈を見る。

「あ、でも、わたし、紗奈のいうこと、わかる。見た目、落ちついてるけどにこやかだもの」

「だから、話してみるのって、大事だよね。私《わたし》だって、中学も終わろうってときに、早川《はやかわ》さんといろいろ話すとは思わなかったし。で、私、高校生になったら、もっと多くの人と関わってみたいから、何か部活もやろうかな」

「わたし、未経験《みけいけん》OKなら、吹部《すいぶ》に入る」

宙がきっぱりとした口調でいった。夢《ゆめ》をとりもどす、そういっているようにきこえた。

あたしは、やってみたいと思う部活はないけれど、ためしにやってみるのも、悪くないかもしれない。でも今は、それより先にやろうと思うことができた。


リビングのテーブルに、スマホを置いて、じっと見つめている。なぜか胸《むね》がドキドキする。たいしたことじゃないのに。

スマホを手にして、メッセージを送る。

――バレンタインデーにチョコあげなくて、ごめんね。

すぐに既読《きどく》になった。

――そんなの、謝《あやま》ることじゃないし。

メッセージのすぐ上に、木崎章一《きざきしょういち》という小さな文字。

——ちょっと、ききたいことがあるんだけど。

——何？

——こういうの、どう思う？

メッセージにつづけて送ったのは、宙の叔母《おば》さんである相沢結佳《あいざわゆか》さんの写真展《しゃしんてん》を観《み》に行ったとき、駅で撮《と》ったゲーム広告《こうこく》の写真。不自然に胸《むね》の大きいミニスカートの少女のやつ。

——なんか、絵的に不自然って感じ。おれ、もともと萌《も》え絵《え》とかも、あんまりだし。

その文字を読んで、あたしは、ちょっとうれしくなった。

——ココアとか、好き？

——どういうつながり？　きらいじゃないけど。

——明日の放課後、時間ある？

——あるけど。

——じゃあ、バレンタインの代わりに、ココアおごる。さっきの写真、好きとかっていわれたら、なしだった。

笑いのスタンプのあとに、メッセージ。

——全部つながった。

翌日《よくじつ》は、二月にしては暖《あたた》かな日になった。昼食後、渡《わた》り廊下《ろうか》の壁《かべ》によりかかって、校庭を見下ろす。遠くに桜《さくら》の木が見えた。まだ花の気配はまったくないけれど、人知れず、つぼみを育てているのだろう。あたしは、最初に木崎《きざき》くんに声をかけられたのは、ここだったな、と思いながら、宙と紗奈に告《つ》げた。

「今日は、木崎くんにココアおごる約束したから、いっしょに帰れない」

「ええ？　美森、木崎くんと、付き合ってるの？」

宙につめよられて、一歩下がる。

「付き合ってないよ、まだ。でも、付き合うかもしれない」

「好きになっちゃったの？」

それもまだわからない。ドキドキするとか、ときめくとか、そういう感じでもないから、恋《こい》してるってわけじゃない。でも、いろいろ話してみたいし、木崎くんの話もききたい。好きなもの、きらいなもの、何に興味《きょうみ》があるのか、知りたいし伝えたい。

「好きってわけでもないけど、でも、きらいじゃない。いい人だと思うから、もっと知りたくなった。あたしのことも、知ってほしい。でも、そういうのって、付き合ってみないとわからないでしょ」

あたしは、昨日のやりとりを、ふたりにこっそり見せた。

「いいやつだね、木崎《きざき》くんて」

紗奈が笑顔でいった。その笑顔が自然で、なんか紗奈、最近かわったかな、と思った。

「三人で帰れる日が減《へ》るのはちょっとさびしいけど、少しずつ、かわっていくんだろうな」

みょうにしんみりと、宙がつぶやく。

光の春、二月。季節はゆっくりとうつろう。中学卒業までは、あと一か月だ。その後、あたしたちはどんなふうになっていくのだろう。

＊　　＊　　＊

宙は、バレンタインデーの日、爽平《そうへい》にチョコをあげてコクった。でも、ホワイトデーでのお返しは、「友だちでいよう」という言葉だったそうだ。それでも、後悔《こうかい》はないと晴れやかに語った。ほんの少しだけど、だれかを好きになるのも悪くない、って宙を見て思った。高等部に行ったら吹奏楽部《すいそうがくぶ》に入るという宙を、美森が「中原《なかはら》くん、つづけないみたいだもんね」とにやっと笑って宙を驚《おどろ》かせていた。それもあと押《お》ししたのかもしれないけど、そんなこととは関係なく、自分の求める未来を引きよせようとしているのだろう。

今まであまり未来を想うことがなかった私は今、高等部への進学を楽しみにしている。また新たな世界が開ける気がする。美森と宙と三人。出会って語ったからこそ、何かちがったものを見つけたいという気持ちも芽生えたのかもしれない。

こんな三人が三人とも、母とふたり暮《ぐ》らしというのは、どういう巡《めぐ》り合《あ》わせだったのだろう。それは、偶然《ぐうぜん》？　だとしても、なんとえがたい偶然だったろう。

紗奈は、男というだけで拒否《きょひ》することからは卒業すると笑った。このあいだ、三人でカフェによったら、森谷《もりや》くんと木崎《きざき》くんがいて、なんとなく五人でかたまった。紗奈は、そして宙も、森谷くんとふつうに言葉をかわし、他愛もないことで笑いあった。むしろあたしと木崎くんのほうが、ぎくしゃくしてたかも。紗奈は、いまだ恋愛感情《れんあいかんじょう》は芽生えがないとか。それでも、お母さんからいわれたそうだ。愛する人を見つけてほしいって。それが男の人でなくてもいいけれど、なんていうところがすてき。恋愛なんて今は興味《きょうみ》ないけど、いつかそうなればいいなって、思うようになったって。そんな紗奈が、前よりもずっと好き。

「この半年は、宝物《たからもの》みたいな時間だったよ」と紗奈が真顔でいったので、なんだかみょうに照れくさくなった。これから歩く道はたぶん同じ道ではないだろう。けれど、三人で過《す》ごした時間は、あたしにとっても宝物だったよ。でも、同感、とかいうのはもっと照れくさいから、心の中で思う。ありがとう、紗奈、ありがとう、宙。

あたしたちって、それぞれ、母と娘《むすめ》で、それって偶然《ぐうぜん》だけど、偶然じゃない気がする。

美森は、木崎《きざき》くんといい感じみたいだ。正直、ちょっとうらやましい。爽平《そうへい》にコクって撃沈《げきちん》したあと、美森に「宙にはもっといい人が現《あらわ》れるよ」といわれて、ちょっとむかついた。むかつくことができるのは、美森へのわたしの信頼《しんらい》。この前、カフェでたまたま爽平と木崎くんといっしょになったとき、わたしは自然に爽平といろんなことを話して、「友だちでいよう」というのは、あながち社交辞令ではないかも、とさえ思ってしまった。最初はちょっとぎこちなかった美森と木崎くんだけど、ふたりは、わたしのことも紗奈のことも、爽平のことも、にこにこしながら見ていた。

最近、美森は自分や自分の母を平凡《へいぼん》だとはいわなくなった。当たり前だ。もともと平凡なんかじゃないのだから。平凡な人なんて、ほんとにいるのだろうか。だれもがそれぞれの重荷をしょって生きてる人じゃないかな。わたしたち三人の性格《せいかく》は似《に》てないし、母同士《どうし》も似ていない。でも、それぞれの母親から受けとったメッセージは、人生は楽ではない、ということなのかも。

母たちの人生にはいろいろなことがあって、けれど三人とも懸命《けんめい》に生きてきた。わたしたちはそんな母の娘《むすめ》なのだ。

これから先、それぞれが新たな世界に進み、こんな濃密《のうみつ》な時間は過《す》ごせないかもしれない。でも、十五歳《さい》の今、わたしは思う。

わたしたちは、出会うべくして出会ったんだよ。

作

濱野京子

熊本県生まれ、東京都育ち。『フュージョン』（講談社）でJBBY賞、『トーキョー・クロスロード』（ポプラ社）で坪田譲治文学賞を受賞。おもな作品に『この川のむこうに君がいる』（理論社）、『野原できみとピクニック』（偕成社）、『中村哲　命の水で砂漠を緑にかえた医師』（あかね書房）、『with you』『空と大地に出会う夏』（以上くもん出版）、『マスクと黒板』（講談社）、『シタマチ・レイクサイド・ロード』（ポプラ社）、『となりのきみのクライシス』（さ・え・ら書房）、『金曜日のあたしたち』（静山社）など多数。

装画・挿絵

牛久保雅美

桑沢デザイン研究所卒業。イラストレーション青山塾修了。線画表現をベースにアンニュイな女性像を描く。装画を手がけた作品に『カンバセーションズ・ウィズ・フレンズ』（サリー・ルーニー 著／山崎まどか 訳／早川書房）、『ファットガールをめぐる13の物語』（モナ・アワド 著／加藤有佳織、日野原慶訳／書肆侃侃房）など。書籍、雑誌、広告、webなど様々な媒体で活動中。

girls

2024年6月24日　初版第1刷発行

作　濱野京子
装画・挿絵　牛久保雅美

装幀・本文デザイン　成原亜美（成原デザイン事務所）

発行人　志村直人
発行所　株式会社くもん出版
〒141-8488
東京都品川区東五反田2-10-2
東五反田スクエア11F
電話　03-6836-0301（代表）
03-6836-0317（編集）
03-6836-0305（営業）
ホームページアドレス
https://www.kumonshuppan.com/

印刷　三美印刷株式会社

NDC913・くもん出版・224p・20cm・2024年
ISBN978-4-7743-3762-3

CD34665

創作児童文学

空と大地に出会う夏

濱野 京子 絵・しらこ

理一郎は、ムダがきらいな小学六年生。ピアノのレッスンの帰り道、同じ学校の海空良と出会った理一郎は、転校していった大智の家に行くことになるが……。少年のひと夏の成長物語。

with you

濱野 京子 画・中田いくみ

中学三年生の悠人は、ランニングの途中、夜の公園で少女・朱音と出会う。彼女は、母親の介護に携わる〝ヤングケアラー〟だった。悠人は、彼女の力になりたいと考えるようになるが……。